『豹頭王の誕生』

彼の目のなかによどんでいる深い闇は、彼をとじこめた孤独な、あまりに
孤独な牢獄そのものだった。（257ページ参照）

ハヤカワ文庫JA
〈JA631〉

グイン・サーガ70

豹頭王の誕生

栗本　薫

早川書房
4518

PANTHERKING PROCLAIMED

by

Kaoru Kurimoto

2000

カバー／口絵／挿絵

末弥　純

目次

その日、正午ちょうどに、七つの緑の丘にかこまれた、大サイロン市のすべての鐘楼の鐘が、いっせいに歓喜をこめて打ちならされはじめたのであった。

むろん、大サイロン市のみではない。ケイロニア全土のすべての鐘楼がいっせいに鐘を鳴らし、獅子心皇帝アキレウス・ケイロニウスに豹頭の息子が誕生したこと、アキレウス大帝の息女シルヴィア姫が夫を迎え、そしてその夫はこののち「ケイロニア王・大元帥」の称号をもつようになったことをすべてのケイロニア国民とそして世界じゅうとに告げ知らせたのだ。鳴りわたる鐘の音に、緑の丘そのものさえも祝福の歓呼の声をあげるかと思われた。それはケイロニアにとり、建国以来最良の一日のひとつであった。

——豹頭王のサーガより——

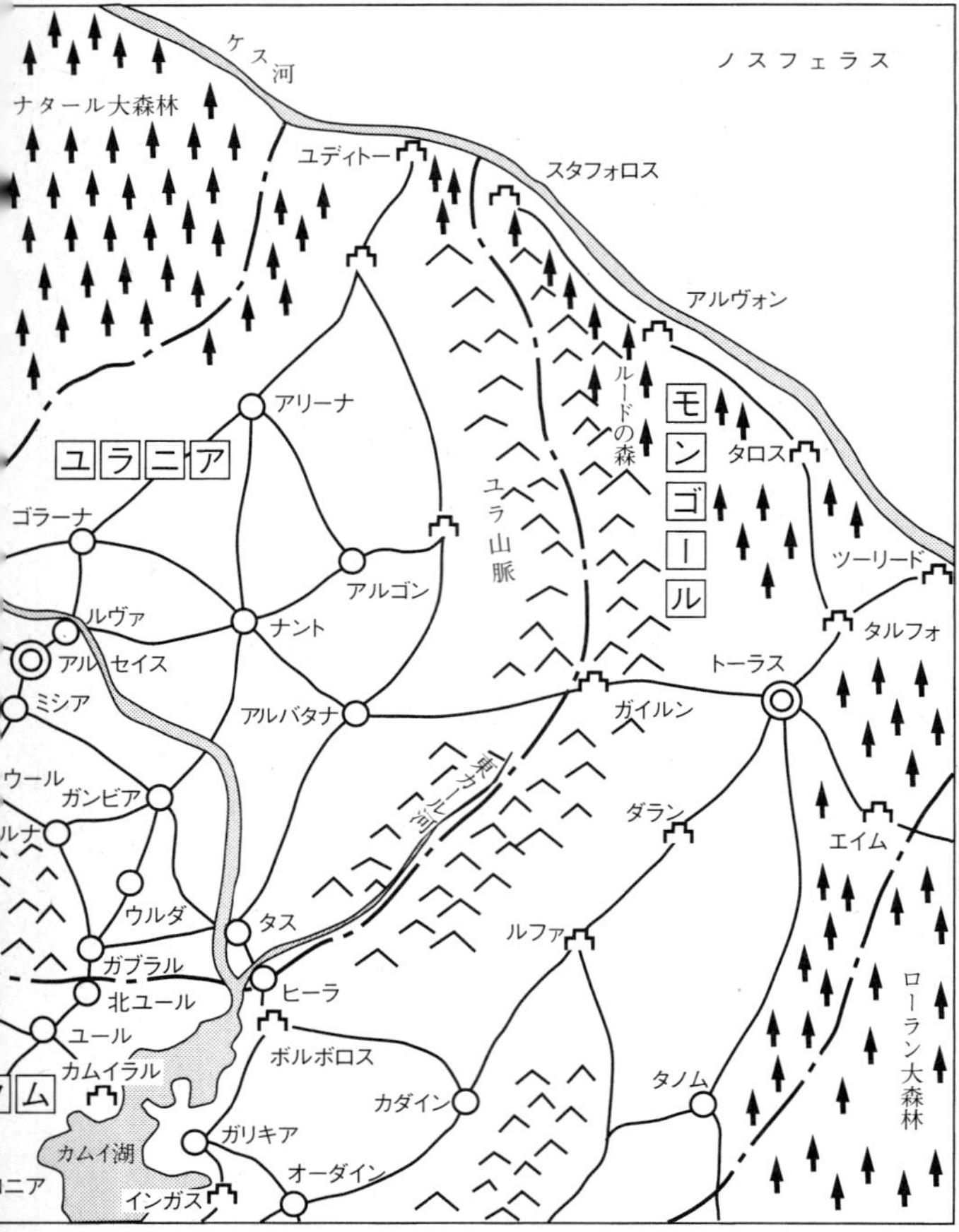
ケス河
ノスフェラス
ナタール大森林
ユディトー
スタフォロス
アルヴォン
ルードの森
モンゴール
ユラニア
アリーナ
ゴラーナ
アルゴン
ユラ山脈
タロス
ツーリード
ルヴァ
ナント
タルフォ
アルセイス
トーラス
ミシア
アルバタナ
ガイルン
東カール河
ウール
ガンビア
ダラン
エイム
ウルダ
タス
ルファ
ガブラル
ヒーラ
ローラン大森林
北ユール
ユール
ボルボロス
カムイラル
タノム
カダイン
カムイ湖
ガリキア
オーダイン
インガス

〔中原拡大図〕

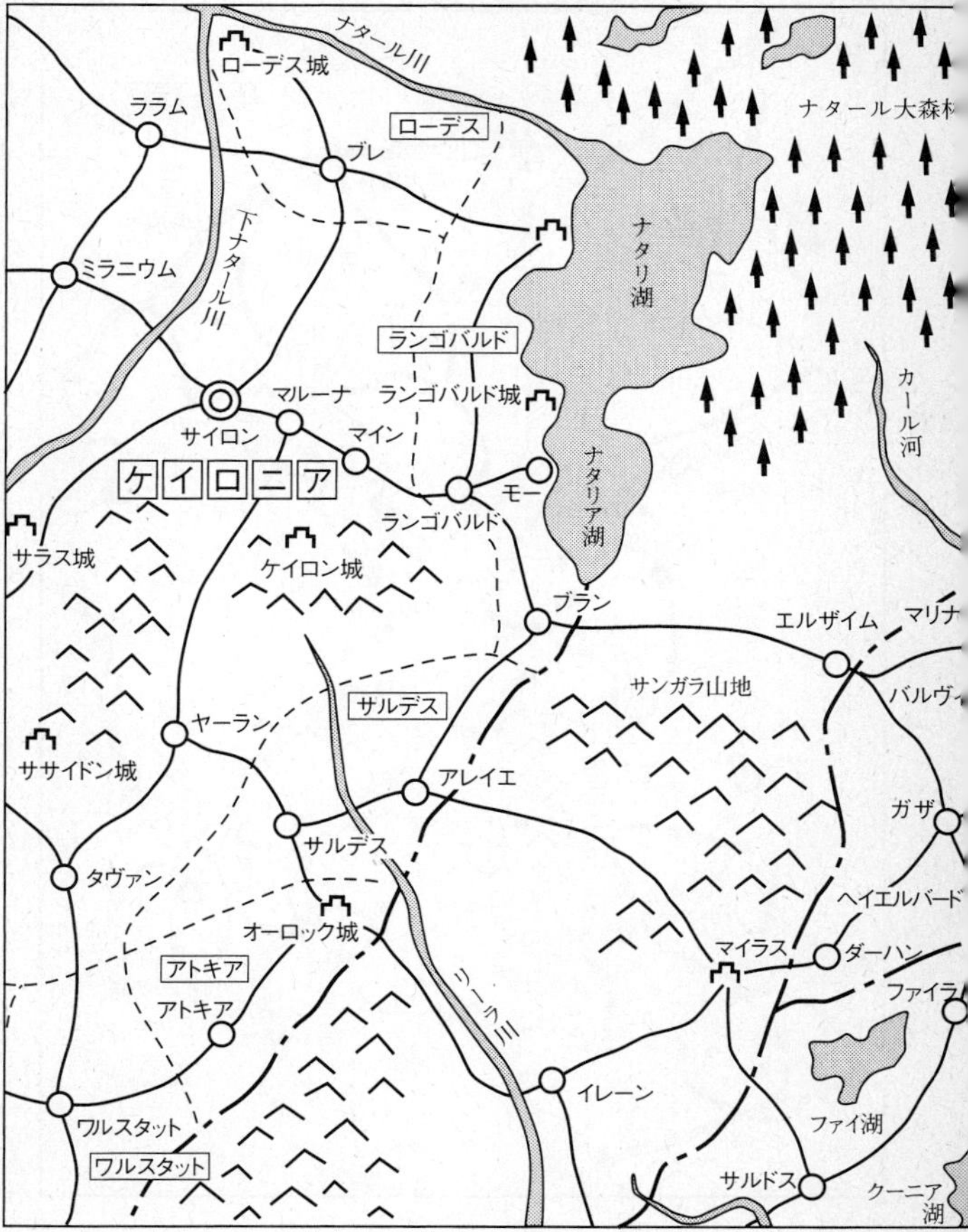
ナタール川
ローデス城
ララム
ローデス
ブレ
下ナタール川
ミラニウム
ナタリ湖
ナタール大森林
ランゴバルド
ランゴバルド城
マルーナ
サイロン
マイン
ケイロニア
モー
ナタリア湖
カール河
ランゴバルド
サラス城
ケイロン城
ブラン
エルザイム
マリナ
バルヴィ
サンガラ山地
サルデス
ヤーラン
ササイドン城
アレイエ
ガザ
サルデス
タヴァン
ヘイエルバード
オーロック城
マイラス
ダーハン
アトキア
ファイラ
アトキア
リーラ川
イレーン
ファイ湖
ワルスタット
ワルスタット
サルドス
クーニア湖

〔中原周辺図〕

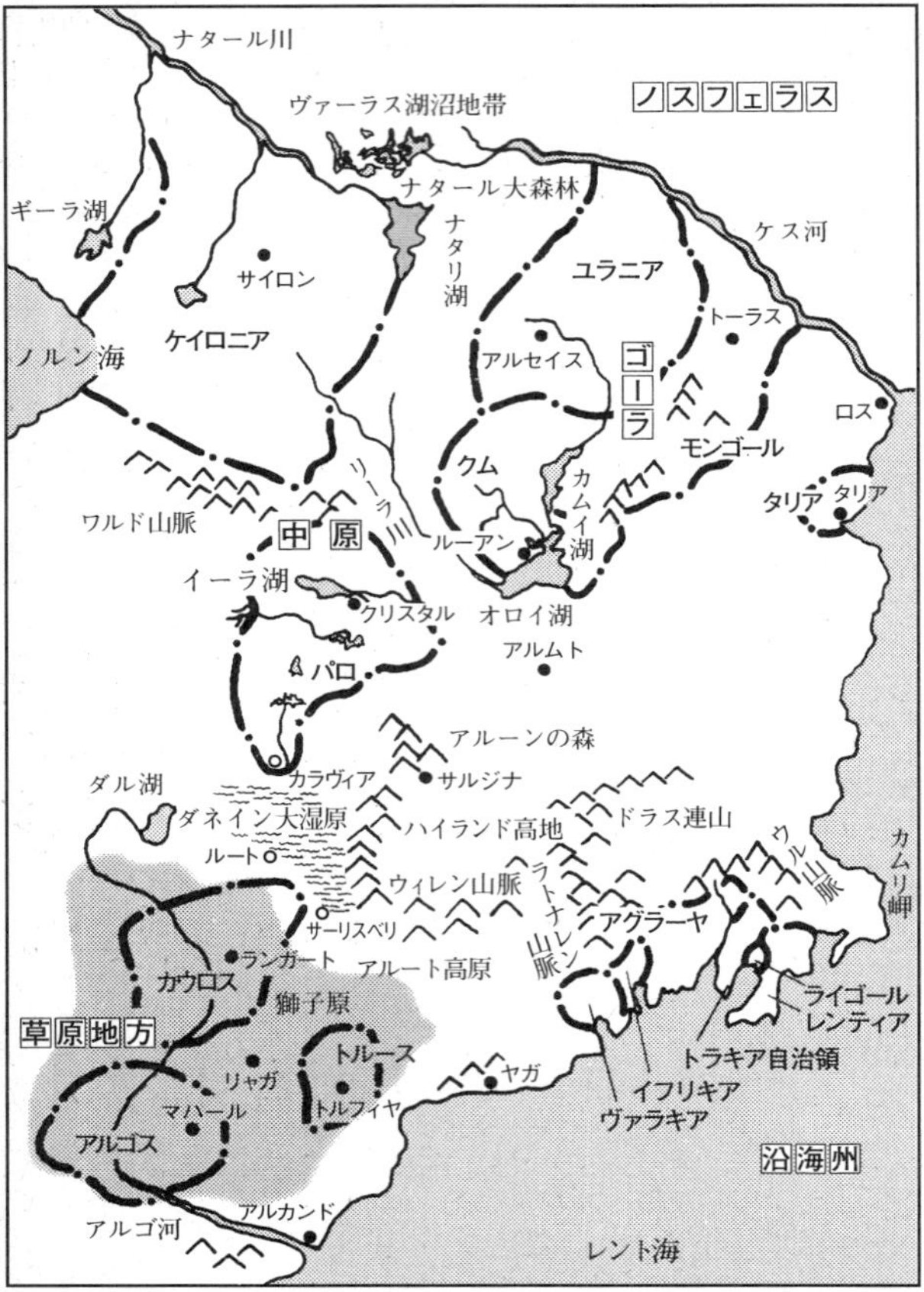

ナタール川
ノスフェラス
ヴァーラス湖沼地帯
ナタール大森林
ギーラ湖
ケス河
ナタリ湖
サイロン
ユラニア
ノルン海
ケイロニア
トーラス
アルセイス
ゴーラ
ロス
モンゴール
クム
カムイ湖
タリア
ワルド山脈
リーラ川
中原
ルーアン
イーラ湖
クリスタル
オロイ湖
アルムト
パロ
アルーンの森
カラヴィア
サルジナ
ダル湖
ダネイン大湿原
ドラス連山
ハイランド高地
ルート
ウル山脈
カムリ岬
ウィレン山脈
ラトナレン山脈
アグラーヤ
サーリスベリ
ランガート
アルート高原
カウロス
獅子原
ライゴール
レンティア
草原地方
トルース
トラキア自治領
リャガ
ヤガ
トルフィヤ
マハール
イフリキア
ヴァラキア
アルゴス
沿海州
アルカンド
アルゴ河
レント海

豹頭王の誕生

登場人物

グイン……………………ケイロニア王・大元帥
アキレウス・
　ケイロニウス……第六十四代ケイロニア皇帝
シルヴィア……………ケイロニアの皇女
マリウス………………吟遊詩人。パロの王子アル・ディーン
オクタヴィア…………マリウスの妻。ケイロニアの皇女
マリニア………………マリウスの娘
ハゾス…………………ケイロニアの宰相。ランゴバルド選帝侯
ロベルト………………ケイロニアのローデス選帝侯
ナリス…………………パロのクリスタル大公
リンダ…………………クリスタル大公妃
ヴァレリウス…………パロの宰相
カイ……………………ナリスの小姓頭
イシュトヴァーン……ゴーラ王
アムネリス……………モンゴール大公
カメロン………………モンゴールの左府将軍
アリサ…………………もとモンゴール白騎士隊長フェルドリックの娘

第一話　戴　冠

1

その日——

正午ちょうどに、七つの緑の丘にかこまれた、大サイロン市全域にあるすべての鐘楼の鐘が、いっせいに、歓喜をこめて打ちならされはじめたのであった。

当時のこととて、それぞれの家庭に時刻をはかるころあいの時刻計などはありはせぬ。文明国では、各所にある鐘楼がそれぞれに時報を、さだめられた数だけ鐘をうって市民たちに告げ知らせるのだ。だが、きょうのこの正午の鐘は、ケイロニア国民たちにとっては、まことに特別な意味をもった鐘の音であった。

むろん、大サイロン市のみではない。ケイロニア全土のすべての鐘楼が、同じようにいっせいに鐘を鳴らし、獅子心皇帝アキレウス・ケイロニウスに息子——豹頭の息子が誕生したこと、アキレウス大帝の息女シルヴィア姫が夫を迎え、そしてその夫はこののち「ケイロニア王・大元帥」の称号をもつようになったことをすべてのケイロニア国民とそして世界じゅうとに告げ知らせたのだ。鳴りわたる鐘の音はたがいにひびきあい、サイロンの澄んだ空気のなかに、いんいんといつまでもからみあい、もつれあうふしぎな余韻を残した。緑の丘そのものさえも、祝福の歓呼の声をあげるかと思われた。

あらかじめ、シルヴィアとグインとの帰国の知らせをうけて、敏腕の宰相ハゾスがすっかり支度をととのえてあったので、グインに勅命がおりてより、大典までの期間は、通常であればとうてい不可能なくらい、すばやく、短かった。といって、むろん、大帝が希望するほどに大掛かりな、世界各国の祝賀の使者をむかえての至上の大祭となるだけの時間はなかったのだが——大帝と宰相、それに選帝侯会議とは、切迫しつつある四囲隣国の状況をかんがみ、ここで半年や一年、祝典をあとのばしにして完璧な準備をととのえているあいだに、またしても思わぬ邪魔が入ってしまうことをおそれたのであった。これはむろん一般国民や、普通の選帝侯会議のメンバーでさえ知らぬ、アキレウスの腹心しか知らぬことでもあったが、それには、マリウス——このたび、正式にケイロニア皇帝家のメンバーとして迎え入れられた長女オクタヴィア姫の夫であるマリウスの正体がうかうかと判明して、大きな混乱を招くことになる前に体制をととのえておかなくてはならない、という焦眉の急も関係していたのであった。

むろん、グインのほうは準備について何やかと文句や要望をのべたてるような性格ではなかったし、シルヴィアについていえば、ただもう、ぼーっとしてしまっていて……それにひどくまだ体力が衰えていたので、彼女がとにかく最低限、耐えられる程度の祭典にとどめておく必要があった。本来ならば、ケイロニア大帝の世継の姫が夫を迎え、その夫がケイロニア王に即位する、というような大祭典とあれば、まる三日ぶっつづけの饗宴や式典が続いてもおかしからぬところであったが、いまのシルヴィアには、おそらくまる一日の式典に耐えることも不可能であろう、と判断されたため、式典と祝宴とは別々に、二日つづきに設定され、そして新ケイロニア王夫妻のなすべき儀礼も、極力ケイロニア王妃――つまりシルヴィア――には負担が重すぎることにならぬよう、つまりは、体力的にはいかなる問題もない上にこういう式典といったらきわめて見栄えのする新王のみが登場するものが八割がたで、王妃は極力休めるようにと考えた上で決められていた。

だが、むろん、どうしても、夫妻そろって姿をあらわさなくてはならぬ場所も多かったし、いずれは、選帝侯たちの領土へも、巡幸して顔見せをしなくてはかなわぬところだろう。アキレウス大帝からの布令は、「ユリア・ユーフェミア姫とのあいだにもうけた、オクタヴィア皇女をあらたにアキレウス大帝の長女として認定し、ケイロニア皇女としてのすべての特権と義務を与えるが、ケイロニアの皇帝位継承権は、これまでどおり、正式の婚姻の息女であるシルヴィア皇女が第一皇位継承権者であるとし、また、グインに対するケイロニア王の称号は一代限りのものとして、ケイロニア王グインには、第二皇位継承権は与えられぬものとする。オクタヴィア皇女の皇位継承権については、おって十二選帝侯会議の最も慎重なる協議の結果発表するものとする。ただし、オクタヴィア皇女の長女、アキレウス大帝の外孫マリニア皇女に対しては、皇位継承権者としてこれを認める」というかなり特定されたものであった。これについてはまた、いろいろとあらたな変更が出ざるを得ないところである、とは、宮廷のものたちには誰しもわかっていたのだが、この、オクタヴィアのあつかいと、そしてマリニア皇女のあつかいについては、誰しもが、ちょっと首をかしげた——むろん、そこに、さまざまなおもわくがからんでいる決定である、ということは誰にもわかっていたのだが。

オクタヴィアがまだ皇位継承権者に加えられなかったのは、これはアキレウスとごく少数の腹心しか知らぬ、マリウスの素性の問題もあったけれども、同時に、ようやく夫を迎え、ケイロニア王妃となったばかりの、世継の皇女シルヴィアの地位を安定させるためであろうとは誰しもが感じた。ごく短期間ではあったが、オクタヴィアがこのサイロンの、黒曜宮にすがたをあらわしてかちとってしまった尊敬と崇拝と、そして愛慕とは、すでに、放置しておけば——他国の宮廷であってみればたちまちお家騒動のもとになりそうな因子をたっぷりとはらんだものであった。オクタヴィアはあまりにも、態度も外見も、性格も、そしてその美貌も、まさに世継の皇女にふさわしすぎた。ここでオクタヴィアに皇位継承権を与えれば、「オクタヴィア殿下を次期の女帝に」という声が必ずやあがってくるであろう、というのが、黒曜宮の懸念なのだろう、と誰もが感じた。グインが皇位継承権を与えられなかったことと、オクタヴィアの処遇が保留にされたことはいずれも、人々は、アキレウスとその側近たちによる、シルヴィアの体面を守ろうとするやむなき工作、と受け取ったのだった。また事実そうであったのには違いない。

シルヴィアは、健康も害していたし、またすっかり、この誘拐騒動の発端となった事件のために、ケイロニア国内での名誉も失ってしまっていた。十二選帝侯会議がもし万一、「かようの不名誉と汚辱にまみれたる皇女を我々選帝侯会議は次期ケイロニアの女帝として承認することを認めぬ」と決定しさえすれば、ただちに、彼女はすべての権利を剝奪されてもやむをえぬところであっただろう。彼女自身がケイロニアの女帝となることを望んでいたかどうかとはまったく別に、ケイロニア皇帝家は、ケイロニウス家の秩序を守りたいと欲したのであった。

そして、また、オクタヴィアの夫マリウスをとびこえて、幼い孫娘のマリニア皇女に皇位継承権が与えられた、ということにも、いろいろと深読みして感心するものや、あらぬかんぐりをして面白がるものも多かった。マリウスの披露は、オクタヴィアの正式のお披露目と時を同じくする、という名目で、グインとシルヴィアの婚礼と、そしてグインのケイロニア王即位式典の終了後にさだめられていた。それは、アキレウスとその腹心たちにとっては、ひそかに少しでも時をかせぎたい心持のあらわれであった。じっさい、その正体を知っているごくわずかな重臣たちにとっては、マリウスの素性くらい頭のいたいものはなかったからである。とりあえず、当面のふれこみとして、ケイロニアの国民たちは、すでに、オクタヴィア皇女が、ヨウィスの民の血をひくいやしい吟遊詩人とのあいだに娘をもうけたのであるということ、その身分のちがいがあまりにも極端なので、黒曜宮は非常に困惑し、どのように対処すべきかに苦慮しているのだ、ということがいかにも秘密情報めいて流されていた。

それは才腕のハゾス宰相の謀略であった。「身分違い」に悩んでいる、という名目のもとに、ハゾスは、この本当は高貴なむこがねがかかえている本当に重大な問題をかくしおおせていたのである。

いずれにせよ、これはしかし、ケイロニアの国民たちにとっては、それこそ、この結びつきとなりゆき自体が吟遊詩人のサーガのような物語に思われたので、それは各地で非常に話題沸騰していた。サイロンではむろんのことである――そして、シルヴィアとグインの結婚と、グインの即位についてはみなすでにあらかじめ予想もついていたことであったので、よろこばしい気持はまったく別として、本当にゴシップとして面白いのは、むしろこの、あらたに登場した皇女をめぐる一連の話題のほうであったのはしかたのないことであった。

ハゾスはわざと、シルヴィアとグインには、あちこちに挨拶にゆかせたり、二人で公共の場に出る機会を作ったりするようにして、ごく短い婚約期間を極力多く人前に出るようにさせ、一方で、オクタヴィアとその一家については、黒曜宮の奥ふかくに、厳重に警備をめぐらしてかくまい、まったくひとめにふれないようにと注意させたので、このあらたな皇帝家の家族たちについての国民や宮廷びとの好奇心は、むなしくかきたてられるばかりであった。正式の歓迎の宴までは、かれら一家が「宮廷に馴れるための時間」と称して、宮廷の儀礼にさえ一切かれらはだされていなかった。グインとシルヴィアの帰還歓迎のために開催された祝宴にさえ、登場しなかったのである。そのために、「どうやら、その、身分卑しい吟遊詩人というのが、本当に宮廷馴れしていないので、宮廷の重臣たちの前でちゃんと礼儀正しくふるまえるよう、特訓するあいだ、人前には出すわけにゆかないのだ」というわさが、まことしやかに流れていた。もっともそれを流したのは当のハゾス本人かもしれなかったのだが。これは非常に人々の好奇心をかきたて、いやが上にもあおりたててしまうものであった一方では、マリウスの本当の素性、ハゾスとアキレウスがもっともひとに知られたくなかった本当の真実をかくすためにはたいへん役にたっていた。栗色の巻毛の吟遊詩人と、はるか昔にパロ宮廷から逃亡して吟遊詩人になった第三王子とを結びつけて考えるものは誰もいなかった——そもそも、アル・ディーン王子の逃亡にしたところで、それはきわめて情報通であったり、諸国の王家の去就に積極的に情報を集めようとしている各国の最高首脳でもないかぎりは知らない、あるいはすでに記憶していない話であったからである。

が、そういうわけで、当面の主役はもっぱらグインとシルヴィアである、ということになり、人々は、「この祭典がすんだら」いよいよこんどは謎めいた、新しい皇女一家がお披露目されるだろう、という楽しみに胸をときめかせていた。この新しい皇女からして、実にさまざまな伝説やいわく因縁につつまれていた——二十数年前に失踪したきり、マライア皇后と、そしてダリウス大公によって惨殺されていたというユリア・ユーフェミア姫のわすれがたみ、というだけでも充分にロマンティックだったが、ダリウス大公が彼女を男子として育て、ケイロニアの皇位を詐取しようという陰謀をめぐらしていた、といういきさつもすでに——これまたハゾスのたくらみによって——流されていた。さまざまな伝説に包まれた、非常な美貌らしい……これは到着したときの彼女の美しいすがたをかいま見た騎士たち、宮廷女たちによっておおいに、サイロン市じゅうに喧伝されていたが——新しい皇女。これは、これまでどちらかといえば単調な日々が続き、最大の話題がシルヴィア皇女の婿選びで——そののちはシルヴィアの誘拐、というとんでもない事件で暗礁にのりあげてしまった感のあった、ケイロニア皇帝家にとってはきわめて派手で目をひかずにはおかぬ出来事だったのである。しかも、それがあらわれると同時に、すでに夫も子供も付属していたというのだ。ひとびとがどれほど好奇心をかきたてられたとしても何のふしぎもなかった。

その一家も、正式のお披露目はまだ後日であるにせよ、何をいうにも妹なのであるから、シルヴィアとグインの結婚式には当然あらわれるだろう、と期待されている。アキレウスの即位三十周年の式典以来、これほど大きな祝祭のなかったサイロンにとっては、最大のにぎにぎしい祝祭のチャンスであった。

正午と同時に鳴り出した鐘は、十タルザン近くものあいだ、サイロンどころかケイロニアじゅうの空気をふるわせてからみあい、鳴りひびいてからようやく鳴りやんだ。それと同時に、黒曜宮のもっとも奥まった、こうした特別の場合にしか使われることのない祭典のための特別の小宮殿、太陽宮の、さらにもっとも奥まった祝典の間に、あらかじめ正装で集結していたすべての重臣たちの前に、つきづきしい豪華なケイロニア皇帝の第一正装すがたのアキレウス・ケイロニウスの出座が告げられたのであった。

「ケイロニア第六十四代皇帝、アキレウス・ケイロニウス陛下、御出座！」

うちならされる太鼓と、いっせいにあがる歓呼の声のなかで、そのひいでたひたいにケイロニア太陽王冠をつけ、長い毛皮のマントのすそを三人の小姓にささげもたせて、アキレウス大帝は悠然と出座し、そして祝典の間の玉座についた。十二選帝侯、十二神将をはじめとする、すべての重臣たち、武将たち、そのうしろに居流れる騎士たち、女官たち、僧侶たち、文官たちの平伏する前で、となりの室にひかえた軍楽隊が「緑のケイロン」をかなで、そして玉座の真下まで、外からずっとひかれている純白のじゅうたんを通路として、新ケイロニア王グインと、そしてその王妃、シルヴィアが純白のよそおいでいよいよ登場したとたん、さらにその登場をつげる鐘がサイロン市中にひびきわたった。

グインのきょうのいでたちは、白銀の甲冑に白い長いマントをつけ、そして宝石をちりばめた剣帯に細身の宝剣を下げていた。胸には宝石をはめこんで作られたケイロニアの紋章がさえざえと輝いていた。日頃、黒竜将軍の正装として、黒と金の甲冑すがたに見慣れていた人々に、その純白のいでたちはまことに新鮮にうつった。グインの豹頭はその純白のマントのえりもとからすっくりとのびて異彩をはなっており、彼はいつにもまして、まるで、世にもふしぎな神話がそのままひとのすがたをとってあらわれたとしか見えなかった。

そのグインのすがたを見たとたん、ひとびとは驚愕とも神秘とも驚嘆ともつかぬ、雷のようなものにうたれて、思わず声もなくしずまりかえった。

(なんという運命だろう——なんというおどろくべき存在だろう！)

その、あまりにもことばにつくせぬ思いが、ひとしなみに——アキレウス大帝以下、この広間に居並ぶケイロニアの神々たちの胸をあつく打ったのだ。グインのすがたはあたかも、白熱するオーラにつつみこまれているかのようだった。

そのかたわらにひっそりとたたずむシルヴィア皇女は、まだ体力の回復がそこまでは間に合っていなかったので、小さくあおざめ、白い毛皮の高いえりのついた、長いマントをひいたケイロニア王妃の正装のなかにまるでうずもれてしまっているように見えた。だが、それでも戻ってきたときよりはだいぶん顔色もよくなっていたし、それになんといっても、目のなかにやっとかなり輝きが戻ってきていた。顔色のほうは化粧でかなりごまかされていたが、シルヴィアはこの婚礼におそろしく魂をゆさぶられていたので、ずっとわなわなとふるえており、その目はまるで熱病にうかされた人のように、夢のなかに漂いだしてしまった人のようにも見えたが、かたわらの夫——あるいは、もうあといくらもたたず夫となるふしぎな人物を見上げたときだけ、妖しくくるめいた。それはまるでこういっているかのようだった——「あなたはだれ？　いったい、あなたはだれなの？　こんなことって本当にあるの？　いったいこれはどういう吟遊詩人のサーガなの。あなたはどこからきて、あたしをどこにつれてゆくの？」

シルヴィアはずいぶんと着ているものをゆったりと見せる王妃の正装をまとっていてさえ、グインのかたわらで、半分もないくらい小さく見えたが、それに気をとめるものはいなかった。事実上、シルヴィアに目をとめているものはあんまりいなかった——それほどに、かれらはみな、グインに目を吸い寄せられ、グインしか見ておらなかったのである。

またこの祭典には、オクタヴィアの一家は参列していなかった。それは最初は少々、人々をがっかりさせたが、主役であるグインたちがあらわれるとそんな気持はどこかへいってしまった。それほどにグインのすがたはひとをひきつけてやまなかったのである。すべての進行役を引き受けててきぱきと、彼ほどに有能でこういう大ごとに馴れきっていなくては大混乱におちいらせてしまいかねない重大な式典をとり仕切っていたランゴバルド侯ハゾスだったが、彼はようやく二人があらわれて、白いしみひとつないじゅうたんの上をアキレウスの玉座にむかって粛々と歩きはじめると、ほっとひと息つき、そして、思わず何もかも忘れて、玉座にむかって進んでゆく親友を見つめ——そして、そっと、かくし持っていたハンカチで何回も目をぬぐわずにいられなかった。彼の胸には、これまでのグインとのあつくかたい友情の日々——はじめてこのサイロンに一介の風来坊の傭兵としてあらわれたこの異形の男をぬけがけでかいま見て、ことばをかわし、そしてそれからずっとひたむきにはぐくんできたあつい友愛の絆が、一気にひたひたとつきあげて来て、もともと冷静できわめて落ち着いた辣腕を誇りにしている彼であったが、そうでなかったら、わっと号泣してしまったかもしれぬ。彼の、グインを見つめる目には、はかりしれぬ思いが——ことばにつくせぬほどの熱い追憶や共感や愛慕がこもっていた。

ハゾスほどではなかったにせよ、十二選帝侯たち、そして十二神将たちもまた、ほとんどが同様の感慨をもって、ついにケイロニアに誕生したこの新しい支配者が、その支配権を受け取るべく歩いてゆくさいごの道のりを見守り続けていた。なかにはゼノンのように、恥らいも体面もなく滂沱と感動の涙を流しつづけているものもいた。剛毅なアンテーヌ侯アウルスでさえ、目がしらをあつくしていた。だが、誰よりも感動していたのが、アキレウス大帝当人であったのは、むろんであった。

アキレウスは、まるで、さいごのさいごまで、かれらの歩いてくるその純白の道におそるべき陥穽があらわれて、ケイロニアのすべての希望をぱっくりとひとのみにしてしまいはせぬか、とでもおそれているかのように、恐しいほどに緊張した目つきで、大広間の入口に姿をあらわした二人が白いじゅうたんをこちらにむかって粛々と進んでくるのを一瞬たりとも目をはなさずに見守り続けていた。その手に握りしめた王錫はいつのまにかすっかり汗ばみ、その鋼鉄の灰色の瞳は狂おしいほどの願いをこめて、かれらの接近を見つめていた。だがむろん、《この婚礼はまかりならぬ》と告げるおそるべき天の声も、地が裂けて二人を飲み込むようなこともおこるはずもなく、グインとシルヴィアとは、ひたひたとその長い距離を歩ききって、玉座の前に到達し、そしておもむろに膝をつき、こうべを垂れた。

人々の口から、緊張のあまり、ずっと呼吸をすることとさえ忘れていた、といいたげな吐息がいっせいに洩れた。――ハゾスははっと我にかえり、おのれの任務に戻った。

「ケイロニア大元帥、ランドックのグイン、そしてケイロニア第六十四代皇帝アキレウス・ケイロニウス息女シルヴィア皇女、ご両名は最前、太陽宮内サリア神殿のサリアの祭壇において、無事婚儀をすまされたことを、御報告いたします」

ハゾスの明晰な声がゆるやかに、頭をたれた重臣たちの上を流れていった。

「これにより、ケイロニア大元帥ランドックのグインどのは正式にケイロニウス皇帝家の女婿となられました。アキレウス皇帝陛下よりのお沙汰により、ランドックのグイン閣下は、ただいまより、ケイロニア王の称号を授けられることとなります。御異議を申立てられるかたはたったいま、この場にて、ヤヌス大神のみ名においてその旨を申し述べられよ」

ハゾスは規則どおり、しばらくあいだをおいた。だが、誰ひとりとして、その間に万一にも誤解されぬよう、しわぶきひとつするものもないのを見届けると、満足して顔をあげ、ことばをついだ。

「御異議の申立てはないものと確認いたします。では、これより、ランドックのグインどのへの、ケイロニア王位授与の儀、ならびにシルヴィア殿下へのケイロニア王妃位授与の儀、ならびに両陛下へのケイロニア日月宝冠授与の儀をとりおこないます。――グインどの、シルヴィア姫、ご前へおすすみを願います」

グインとシルヴィアは黙って立ち上がり、さらに玉座に近寄った。アキレウスはゆっくりと立ち上がり、巨大な宝玉のきらめく王錫をとって、重々しく、まずグインの右肩に、さしのべた王錫のさきをふれた。

「ランドックのグイン。そのほう、わがケイロニア帝国への数々の功績著しく、またヤヌス大神によりさだめられたる如き、ケイロニア帝国の守護神としての働きまことに見事であった。数々の功績により、ここにランドックのグインをわが息女シルヴィアの夫と認め、同時に、ケイロニア王国の唯一にして無二なる統治者としてケイロニア王の称号をさずけるものである。ランドックのグイン、この称号を受けるや」

「慎んでケイロニア王、シルヴィア皇女駙馬の称号をお受けいたします」

グインはこうべをたれ、落ち着いて答えた。アキレウスは王錫をあげ、グインの左肩にかるくふれ、さいごにグインの頭上で祝福の印を切ってから、シルヴィアの肩に王錫を移動させた。

「ケイロニア皇女シルヴィア。そのほう、父・ケイロニア第六十四代皇帝アキレウス・ケイロニウスの意向にしたがい、ケイロニア王・大元帥グインを夫となし、ケイロニア王妃の称号を受けるであろうな」

「はい」

シルヴィアはかぼそい声で答えた。

「慎んで、お受けいたします。父上」

「重畳」

アキレウスは同じ祝福をシルヴィアの上にもおこなった。それから、王錫を小姓にわたし、腰の、ケイロン宝剣をぬくと、それを二人の垂れた頭上でかるく空を切って、きよめの儀式をおこなった。

「ケイロニア日月宝冠の戴冠式を行ないます」

ハゾスが告げた。さっと緋色のカーテンがかかげられると、奥から、美しい純白の近衛兵の正装に子爵のマントをつけた、アンテーヌ侯アウルスの子息アウルス・アラン子爵と、そしてアトキア侯ギランの次男、十六歳のクラウス子爵の二人の美少年が、両手にそれぞれ台にのせた、紫のびろうどの台座布団の上に燦然ときらめくケイロニア日月宝冠を掲げてあらわれた。それは大小の対になった素晴しい宝冠であり、日宝冠のほうには太陽をかたどった豪華な巨大な銀の円が、そして月宝冠のほうには、三日月をかたどった銀の板がはめこまれていて、その周囲はすべて輝かしい宝石で埋めつくされ、まんなかは紫のびろうどになっていた。

ふたりの少年子爵がそれぞれに掲げた宝冠を差し出して玉座のかたわらにつくと、進み出た十二選帝侯の筆頭、アラン子爵の父アンテーヌ侯アウルス・フェロンがまず日宝冠をその台からとりあげて、皇帝の手にわたした。皇帝はそれを受取り、グインの豹頭の額にそれをのせた。——あらかじめ、豹頭にきちんとおさまるように、一番下の部分に通常にはない細工がなされていたので、それはぴたりとグインの頭におさまった。

人々はふいに、うたれたようにその光景を見つめ、息をとめた。——まるで、グインの額にケイロニア日宝冠がのせられたそのせつなに、時が止ったかのようであった。

2

（あ……）

なんともいいようのない——

奇妙なおののきと感動と、そして永劫の思いが、この奇跡のような場にいあわせた人々すべての胸をわしづかみにし、かれらをまるでカナンの石と化した人々のように硬直させた。

それはあまりにも奇妙な、悠久の永遠がこの刹那に凝縮した——ともいうべき……

それとも、時の流れに支配され、制圧されている生の雲がほんの一瞬晴れて、あやしい永劫がすがたを見せた、とでもいうかのような——

そんな、ありうべからざる瞬間であった——

（いかなれば——）

（いかなればこそ、かくは……さだめられて……）

（いかなる星の下に——）

ことばにすれば、かくもあったかもしれぬ。

不思議な運命に導かれ、ただ一人サイロンにやってきた、異形の、流浪の男。

その、人ともつかず、獣ともつかぬ不思議の外見をもったあやしい放浪者が、いま、ここに、ケイロニアの——世界最強を誇る帝国ケイロニアの王位についたのだ。

その豹頭の額にかがやく日宝冠は、大ケイロンの運命を、生まれながらに由緒正しい支配者としてケイロニアにさだめられた、アキレウス大帝とともにになってゆく統治者たるのしるしであった。

シルヴィアの額に、月宝冠がのせられた。それは、シルヴィアの細い首が折れそうで心配だ、という印象を人々にあたえたばかりで、もともと皇女でもあれば、ケイロニアの皇位継承権者でもある彼女の戴冠はグインのそれにくらべてさほどの印象を人々にもたらしはしなかった。

「両名、立ちませい」

おだやかに、アンテーヌ侯アウルス・フェロンがうながした。冠をつけた二人はゆっくりと立ち上がった。グインのトパーズ色の目は無表情にみえたが、シルヴィアが重たい宝冠をつけて立ち上がって、ぐらぐらしはせぬか、大丈夫だろうか、と案ずるようにちらりと素速くシルヴィアのほうにむけられた。二人が立ち上がると、ハゾスは、グインに剣の誓いをうながした。グインは腰の宝剣をぬき、ケイロニア王として最初の剣の誓いを、ケイロニア皇帝アキレウスに対しておこなった。そののち、二人がアキレウスの両側にわかれてよりそうように立ったとき、またしても広い大広間にざわめきがおこり——こんどのものはなかなか消えなかった。

（おお――）

（なんということ、絵のような――）

（こんなことが、この世にまだおこり得たとは……）

（奇跡を目のあたりにしているようだ……）

アキレウスはゆったりと玉座の前に立っている。長い、雪狐の毛皮のマントが彼のたくましい老いたからだのまわりをとりまいて、下の階段まで流れおちている。すっくと立ち、紫の皇帝の秘色のトーガに身をつつみ、首からはケイロニア皇帝の王綬をさげ、白髪のこうべにはケイロニア至高の太陽宝冠をいただき――そのすがたは、この三十余年にわたって、つねにケイロニアの民が慕い、まぶしくふりあおいできた統治者の姿である。

そして、いまや、そのかたわらに、豹頭のひたいに小さくさえみえる日宝冠をいただき、そして純白のマントをやはり長々とひき、胸にはめこまれたケイロニアの獅子の紋章をきらめかせた、銀の甲冑すがたのあらたな守護神のすがたがある。アキレウスは満足げにそれに目をやると、着座を命じた。中央の巨大な皇帝の玉座にアキレウス帝が、そしてそのむかって右にシルヴィア皇女、左の椅子にケイロニア王グインが腰をおろすと、ほうっと胸のなかにたまりにたまった息を吐き出すかのようなざわめきがまたしても各所でおこった。

「新しきケイロニア王御夫妻に御挨拶を」

ハゾスが凛と声を張った。アンテーヌ侯がいったん階段をおり、それから悠揚迫らぬ動作で玉座の下まで歩み寄って膝をついた。

「わが至高の支配者アキレウス・ケイロニウス陛下、ならびに新ケイロニア王グイン陛下、及び新ケイロニア王妃、ケイロニア世継の皇女シルヴィア陛下に、十二選帝侯筆頭、アンテーヌ侯アウルス・フェロンの永遠にかわるべからざる忠誠をお誓い申上げる」

アンテーヌ侯のよくとおる声が告げ、侯は剣をぬき、三人にむかって剣の誓いをおこなうと、受入れられた剣をおさめ、すすみ出てアキレウスとグインのそれぞれのマントの端にかるくくちづけて、おのれの座へとひきさがった。ただちに、アトキア侯ギランがつづいた。

十二選帝侯、そして選帝侯の世継の侯子たち、そして十二神将――そして重臣たち、文官たち、貴族たち――と、あらたなケイロニア王夫妻に忠誠を誓い、剣を捧げる列はつきることなく続いた。シルヴィアはもう、かなり体力を使いつくして朦朧としたようすになっていたが、懸命に椅子にしがみついていた。それを見てとって、アキレウスはほどのよいところで、休むようシルヴィアを退出させた。おもだった廷臣たちすべての剣の誓いがすんだところで、ハゾスはあらたに声を張った。

「ケイロニア第二皇女、オクタヴィア殿下ならびに皇女マリニア殿下より、新王御夫妻に御挨拶を申上げます」

はっと、廷臣たちは好奇の目を輝かせた。

もっともなかには、やはり話題の夫君はあらわれないのか、とひそかに心得顔でうなづきあうものもいただろう。

その人々の好奇心まんまんの注視のなかを、オクタヴィアは、皇女の正装をつけ、腕に抱いたマリニアにも白い新しい毛皮のえりのついた小さなマントを着せて、ただひとり臆する色もなく堂々とあらわれた。女官二人にマントのすそをかかげられ、その素晴しい銀髪はきちんとゆいあげてレースのヴェールをかけ、すっきりとした白いドレスに胸に皇女のしるしの皇綬をななめにさげ、すっくりと首をのばした彼女は昔の美しい女王の肖像画のようだった。人々が思わずざわめくなかを、彼女は確かな足取りで白いじゅうたんをふんで玉座におもむき、その階段の下で膝まづいた。

「わが父、ケイロニア第六十四代皇帝アキレウス・ケイロニウス陛下に御挨拶と永遠《とわ》にかわらぬわが忠誠を申し上げさせていただきます」

オクタヴィアは女にしては低い、だがひびきのよい声で云った。そして、女性であるので剣の誓いはせず、膝の上に頭をたれる正式の忠誠の礼をおこなった。それから、彼女はグインにむきなおった。

「不思議なるヤーンのみさだめにより、本日めでたくケイロニア新王の座につかれたる、わが義弟、グイン陛下ならびに、ケイロニア皇女、わが妹シルヴィア王妃陛下に、オクタヴィア・ケイロニアスの心よりの忠誠を捧げます」

彼女はグインにむかってふたたび忠誠の礼をした。それから、幼いマリニアをかざすようにした。

「わが娘マリニアはいまだよわい幼く、忠誠の礼をおこなうを得ませぬ。娘にかわりまして、わが子の永遠の忠誠もまた、わたくしと同じく、父陛下及び、グイン陛下、シルヴィア陛下の上にございますことを、こうして申し上げさせていただくことを、光栄に存じます」

「大儀」

アキレウスの剛毅なおもてが、見ていたハゾスやアウルスには、思わず微苦笑を禁じ得ないくらい露骨にほころんだ。それはオクタヴィアというよりは、その手に抱かれている小さなマリニア皇女を見たとたんのどうおさえようもない天然自然の心持のようであったが。

「疲れていようところを、すまぬな、オクタヴィア。そのほうとマリニアの忠誠、しかと受け取ったと心得るがよいぞ」

「恐れ入ります」

「残る者は?」

アキレウスはハゾスを見た。ハゾスは首をふった。

「これにて、つつがなく、戴冠の儀、ならびに誓いの儀は終了いたしました。――本日の、ケイロニア王御夫妻御即位式はこれにて終了とさせていただきます。こののち、しばし各自のお控え室にておくつろぎの上、五芒星別館におきまして、新ケイロニア王御夫妻よりの杯下されごとがございます。新王に剣を捧げ、あるいは忠誠を誓われたる皆様は、ルアー三点鐘前後になりましたら、庭園をおわたりいただき、五芒星別館一階ヤーンの目の間にお集まり下さい。それでは、ケイロニア皇帝アキレウス・ケイロニウス陛下、ケイロニア王グイン陛下、御還御でございます。御一同、ご起立下さい」

「一同、大儀であった」

アキレウスの口から、おだやかなひとことが発せられた。それを合図のように、ふたたび軍楽隊の演奏がこんどは静かにはじまった。

一同は立ち上がって、びろうどの幕のかかげられた奥の出入口に入ってゆく皇帝と王とを見送った。それはきわめて高く作られた出入口であったが、びろうどの幕がかなりその高さを区切っていたので、グインは首をかがめて入らなくてはならなかった。ハゾスはひたひたと胸にしみてくる満足感を味わうように、その堂々たるうしろすがたを見送った。

「これにて、即位式の式典は終了いたします」

ハゾスはふりかえって告げた。

「のちほど、ヤーンの目の間におきまして、長老がたよりの新夫妻への祝福のおことばを頂戴いたしたいと存じます。——杯下されとそれにひきつづきます予定の、新王夫妻御披露の宴には、第一正装をおときになり、第二正装にてさしつかえございませぬ。それでは、これにて、わがケイロニアはつつがなくケイロニア王を王座にお迎えすることとなりました。おのおのがた、いっそうのご忠勤を励まれますよう」

*

「おお——」

控え室に——控え室といっても、皇帝一家に用意されたものは、とうてい通常の控え室などといえたものではない、そのまま普通の王室なら即位の式典にだって使いそうな豪華なものであったのだが――少し遅れて入ってきたオクタヴィアとその腕にだかれたマリニアを見るなり、アキレウスは相好を崩した。

「おお、疲れただろう。宮廷はなにごともしかつめらしゅうていかんでな。さ、マリニア、ここに来い。じい様に可愛いお顔を見せてくれ」

「父上――」

オクタヴィアは笑いながら、マリニアをそっとアキレウスのまだいくぶん心配そうな腕に渡した。マリニアは可愛らしい笑顔をみせて、アキレウスを見上げている。アキレウスの顔がとろとろとくずれた。

「おお、なんと大人しい子だろうな。それに、なんときりょうよしであることだ。グイン、どうだ、見てみろ。――おや、グイン、どうした」

「王陛下は、シルヴィア陛下のおかげんをみに、奥の間にゆかれましてございます」

入口に立っていた小姓が云った。アキレウスは苦笑した。

「もう、尻にしかれおるか。当番、むすめとマリニア姫に何か飲み物を持ってきてやれ」

「私は大丈夫、お父様。マリニアもさきほど、おっぱいを飲んだばかりですわ」

「マリウスは？」

「部屋でおとなしく待っております」

オクタヴィアはいくぶん微妙な表情で笑った。

「今夜の宴も、まだ宮廷に馴れていない、ということで御遠慮したいと申しておりました。

どうも、すっかりおじけづいてしまったようですわ」

「何もおそれることなどないと云ってやってくれんか」

　困惑したようにアキレウスはいった。

「まあ、いずれあらためて正式の披露があるまでは、それでもかまわんが、あまり、人前に出ないのはかえってひとの好奇心をかきたててしまうぞというておいてくれ。おお、マリニア、お前はもう、じい様がわかるのか？　わしの指をつかんではなさんな。こんなちいさなおてになんでこんな力があるかな。おお、これ、あまり強くつかむとそのもみじのようなおてが痛うなるぞ。あばばばば」

「陛下」

　入ってきた、ランゴバルド侯ハゾスが、足をとめ、思わず吹出した。

「まさか天下の大アキレウスともあろうものが、あばばばば、とおっしゃる光景をわたくしの目の黒いうちに拝見するとは思いもいたしませなんだなあ」

「よけいなことをいうな、この若僧め」

　アキレウスは満足そうにいった。そしてあかずマリニアの可愛らしい笑顔にみとれた。

「お前になどわかるものか。お前など、最初の孫が出来た瞬間に、わしなどよりもっともっと、何倍ものじじばかに化けるに決まっておるわ。……いや、それより先にまず、アランに子供ができたときのアウルスの顔を見てやりたいところだな。みな、偉そうにわしをばかにするが……ギランなどは、おのれももう何人もおるから、わかります、またおのれの子供とはまったく可愛さが違いますもので、というておったぞ」

「はいはい、わたくしめは若僧にございます」

ハゾスは笑った。

「わたくしは宴の支度がございますので、おさきにあちらへ移動いたします。このあとは、こちらの差配はケルロンとポーランにまかせて参りますので、何かございましたらケルロンにおっしゃって下さいまし。ところで、その」

「なんだ、若僧」

「シルヴィア陛下のおかげんはいかがでございましょう？　宴には、御出席願えそうでございますか——？」

「ううむ、それは……どうかな」

アキレウスはちょっと困った表情になった。そして、惜しそうにマリニアを母親にかえした。

「どうやら、マリニアの親父はきょうもまだ人前に出るのは恐しいらしいが……シルヴィアはさっきのは、ただ疲れただけだと女官長にいったそうだから、たぶんしばらく休めば大丈夫だとは思うのだが」

「では、杯下されは王陛下のみの御挨拶にて、宴席には王妃陛下も御出席と、そのように一応段取っておいてよろしゅうございますな」

「おお、それでさしつかえなかろう」

「さきほど、拝見しておりましたらだいぶん王妃陛下はお疲れの御様子でございましたから、お顔だけおみせになって、先におやすみになられたほうがよろしゅうございましょうな。あすはいよいよ、宮廷での、結婚披露宴の本宴でございますからな。各国よりの祝賀の使者も大半は明日でございますから。——オクタヴィア殿下は、明日はずっと御出席いただけましょうな」

「わたくしは」

オクタヴィアはうなづいた。

「でも、マリニアはあまり大勢の人の前に出たこともございませんし、あすは、マリニアは父親にあずけてわたくしのみ参ることとさせていただいてよろしゅうございますか」

「ああ、それはもちろん。何を申せマリニア姫さまはお小さいことでございますから」

「それにしても、なんというおとなしい赤ん坊だ」

感心して、アキレウスはいった。

「ついぞ、この子が金切声をあげたり、赤ん坊特有のあの大泣きをするところを見たことがないぞ。いったい誰の血をひいたのやら」

「それは、わたくしがずいぶんやかましい、ということでございましょうか？　陛下」

オクタヴィアは笑い出した。

「確かにこの子の父親もわたくしもとても無口なほうとは言えませんわ。それで、この子は閉口して、無口になってしまうのかもしれません。でも……トーラスを出ることになったちょうどその日の朝でしたけれど、はじめて、口をききましたのよ。『まー、まー』とわたくしをみてはっきり申しました。みんなまるでばかのように喜びましたわ。……それっきり、まだ二回目はしゃべってくれませんけれど、きっとまた……」

「それはもう、いざしゃべりはじめればあっという間だろうとも」

満足そうにアキレウスは云った。が、そのときふいに伝令の小姓が激しくドアをノックしてかけこんできたのであわてて口をつぐんだ。

「どうした、騒々しい」

「恐れ入ります。御一家おくつろぎのところをお邪魔いたします。宰相ランゴバルド侯ハゾス閣下はこちらにおいでてございますか」

「なんだ、やかましい。しずかにせんか」

ハゾスは云った――が、その聡明な眉がふいに奇妙なふうによせられて、なんともいえぬ微妙な表情をたたえて、オクタヴィアとマリニアのすがたにちらりとむけられた。

マリニアはオクタヴィアの胸に抱かれて、おとなしくにこにこと笑っている。どこにもかわったところがあるとは見えぬ。

「何か急用か」

「はい、トーラスよりの伝令でございます。どちらで申上げたらよろしゅうございましょうか」

「何か急変か」

「はい」

「ではここで。陛下もおききになる。申せ」

「ではここにて申し上げさせていただきます。たったいま、トーラスより間諜の報告が届いてまいりました。それによれば、トーラスで一昨日政変が起こり、ゴーラの僭王イシュトヴァーンが、モンゴール大公アムネリスを実力行使にて幽閉、宰相サイデン侯爵を殺害し、軍事力によってトーラス金蠍宮を制圧いたしました！」

「なんだと」

アキレウスの声が厳しくなった。

「小姓！　グインを呼べ！」

「かしこまりましたッ」

「わたくし、御遠慮いたしましょうか？」

いくぶん蒼ざめてオクタヴィアがいった。ハゾスはアキレウスの顔をみた。アキレウスは首をふった。

「お前ももう、ケイロニア皇帝家の一員だ、オクタヴィア。女性といえども、ケイロニアの統治者の一家であるというのは、たえず団欒をこのような知らせで破られることだというのを学んでおいてもらったほうがよかろう。だがマリニアが怯えるかな……」

「この子にはまだ何も意味もわかりませんもの」

オクタヴィアは不安そうにいった。グインが室に入ってきた。

「グイン陛下、トーラスで政変の知らせが」

ハゾスはささやいた。

「伝令、王陛下のおいでだ。いまいちどくりかえして申せ」

「かしこまりました。ではくりかえし申上げます。たったいま、トーラスより間諜の報告が届いてまいりました。それによれば、トーラスで一昨日政変が起こり、ゴーラの僭王イシュトヴァーンが、モンゴール大公アムネリスを実力行使にて幽閉、宰相サイデン侯爵を殺害し、軍事力によってトーラス金蠍宮を制圧したとのことでございます。イシュトヴァーン軍はモンゴール騎士団を制圧下におき、イシュトヴァーン軍とカメロン軍の二つの軍で完全にトーラスを征服いたしました。殺害されたのはサイデン宰相のみですが、マルス伯爵などモンゴールの中心となる武将はとらえられ、武装解除されて幽閉され、アムネリス大公はすべての実権を剝奪されて現在幽閉中、国境にて待機していたゴーラ軍がトーラス市中に入り、市民の反抗を抑圧しているということでございます。おって、ひきつづきの展開、状況など報告が参りしだい御報告申し上げます」

「とうとう、やったか」

最初に口をきったのは、アキレウスだった。オクタヴィアは、何ひとつかわったことなどおこってもおらぬかのような、アキレウスとハゾスと、そしてグインとの冷静な落ち着いたようすを、さすがは大ケイロニアの――とひそかに感服しつつ見つめていた。

「やはりな……が、思ったより早く尻尾を出しおったな、ヴァラキアの海賊どもは」

「国境にて待機していたゴーラ軍、といいましたな」

ハゾスは考えこみながら、

「ということは——当然のことながら、計画的犯行ですな。イシュトヴァーン将軍が、ゴーラ僭王の詐称につき、モンゴール宮廷から、呼び戻されて過去の罪状とあわせて糾弾されようとしている、という報告がございましたが、それからまぬかれぬものと覚悟を決めて開き直った、と見てよろしゅうございましょう」

「ふむ。まさにな」

「確かに皇帝陛下のおっしゃるとおり、思ったよりだいぶ早くに、イシュトヴァーンはその本来の野望をむきだしにモンゴールにおそいかかった、という感がありますな。少なくとも、ゴーラの情勢——というか、旧ユラニアの体制が確定するまでは、いましばらくは本性を隠そうとするものかと思っておりましたが、やはりこれは、モンゴール側の糾弾が急激だったので、これはこのままではゆきづまるものと判断し、早めに反攻に出たということでしょう」

「まあこれはそのうちこういうことになろうかと、選帝侯会議でもたえず話題にでていたとおりの展開だ、それほど驚くには足りぬが——にしても、そなたたちが、早いところ、トーラスからここに移ってきてくれて、まことに天の助けであったな。いや、グインの助けか」

アキレウスはかすかに微笑した。

「イシュトヴァーンの制圧下におかれたトーラスにそなたたちが——考えただけでも寒気が

するぞ。これこそ、ヤーンに感謝をいくら捧げても捧げきれぬほどの幸運であったな。いや、すべてはやはりグインのおかげだが」

「いくさになりますの？」

オクタヴィアは唇をかんだ。

「トーラスはどうなっておりますの？　一般市民は無事なのでしょうか？　わたくしたちを、これまで大切に隠してくれていた、気のいい一家が下町におりますのですけれど……」

「まだ、いまのところ市中でのいくさにはほとんどなっておらぬもようです」

ハゾスのたずねるような目にこたえて、伝令はいった。

「ただ、あまりに政変が急激であったので、市民たちは何がおこったのか把握しておらず――次の報告ではどのように変化しているかわかりません。イシュトヴァーン軍も、いまのところ市中での掠奪などは許しておらぬようです」

「陛下」

ハゾスはアキレウスにとも、グインにともつかず云った。

「ケイロニアの対応について、会議が必要でございましょうか」

「そうだな。どう思う、グイン」

「それは、そのほうがよろしかろう」

「わかりました。では、お疲れのところ、大変ではございますが、宴は予定どおり開催いたしまして、そののちに。――私の考えでは、それほど、この問題はケイロニアにとっては、宴を中断したり、中止して会議を開くほどまで焦眉の急の事態であろうとは思われませんが、いかがでございましょうか」

「どうだ、グイン」

「宴のあとでよろしかろうかと。ただ、予定よりも、俺は少々早めに切り上げる。シルヴィア姫につきそって引き上げるゆえ、そのあと、ハゾスもなんらかの口実をもうけて戻ってきてほしい。陛下は」

グインは低く笑った。

「御存分に、オクタヴィア姫もろともに、宴をお楽しみあれ。俺は、陛下のお身代わりに働くために、ケイロニア王をお引き受けしたのだ。御安心あれ。陛下の御意にそむくような独断は、俺はもう決してせぬ、かつてのようにはな」

3

その日。

大サイロン市では、正午の鐘の乱打を皮切りに、ずっとさまざまな祝賀の行事があちこちでくりひろげられていたのだった。

その日は夜おそくまで、市じゅうのいたるところで、あかりの消える気配さえなかった。通りという通りには、松明がともされ、ろうそくとちょうちんがぎっしりとかかげられ、そして華やかな花飾りや、色とりどりの紙で作った祝いの飾りものがかざりつけられた。ハゾスが用意周到に手配をすませてあった宮廷のなかとは違って、町なかの者たちにとっては、祝典の準備に使う時間はほとんどなきにひとしかったが、そんなことはものともせずに、人人は家の奥にいざというときのためにしまいこんであった祭の飾りつけやありったけの花や紙飾りを持出してきて飾りつけたのだった。おきまりの、新王夫妻の肖像画はさすがに間に合わなかったかわりに、すでに市中ではかなり出まわっていたグインの似顔絵が持出されてまわりに麗々しい飾りをつけられて掲げられ、これはいつも飾りものの店で手に入る「マルーク・ケイロン」の文字を赤に金で印刷した祝い札がまわりにはりつけられた。そして人々は晴れ着を着込んで黒曜宮前の広場に集まり、新王夫妻に挨拶しようと詰めかけた。新王は王のマントと、ケイロニア日宝冠の略冠をつけた華麗なすがたで、謁見のバルコニーにすがたをあらわし、民衆の大喝采をあびた――新王妃は体調が悪く、顔をみせただけでただちに引っ込んでしまったが、あまり気にとめるものはいなかった。かれらは要するに、「ケイロニア王グイン」にさえ、まみえられれば満足だったのだ。最初の挨拶は、一ザンごとに十タルザンづつ二回、と定められていたが、誰も帰ろうとしなかったし、どんどん人数がふくれあがってくるばかりだったので、顔見せが追加され、半ザンごとに十タルザンづつ五回、新王は国民たちの前に、アキレウス皇帝もろとも、統治者としてのはじめての姿をあらわすことになった。そのたびごとに民衆の熱狂は増してゆくばかりだった。目先のきくものが頭に冠をつけた豹頭の面を紙で作り上げて売ったがこれが大評判になって、それを手にかざしたり、頭にかぶったりしながら人々はさかんなかっさいの声をあげつづけた。新王の退出の前には、恒例によって祝いの銅貨がまかれ、むろん小銭であったが祝いごとで縁起がいいとされているので、人々は先をあらそってそれを拾った。それは使うのではなくて、穴をあけて首からさげておいたり、財布にいれると、縁起がいいとされていたのである。そして、ちょっと身分のたかいもののためには、時間をきめて、黒曜宮の一番外側の建物で、ご酒下されがあった。人々は順番に並んで、タルからくみだされてカップごと下されるはちみつ酒をもらい、顔をほてらして酔い痴れた。一杯の酒よりも喜びとめでたさに酔ってかれらはさかんな歓声をあげつづけていた。

屋台が出はじめ、そしてケムリソウがさかんに売られて、広場のあちこちでたかれているかがり火にくべられたので、ぽんぽんという破裂音がひっきりなしにして、煙がたちのぼった。ケムリソウの実を色水につけてからよく乾燥させ、色粉をその実にそっと注ぎ込んだものを火にくべると、色のついた煙が出るようになる。それで、サイロンの空にはこの日、赤や緑や黄色のはなやかな色あいの煙があとからあとからたちのぼり、からみあって、またとないにぎやかなようすを呈したのだった。

夜になると、もうケムリソウを買って破裂させても見えなくなってしまうので、ケムリソウの屋台はおわり、かわってこんどは楽隊があらわれてさまざまにめでたい曲をかなで、また、大きなかがり火がたかれて、そのまわりで人々は懐かしい「ケイロニア・ワルツ」にあわせて踊り狂った。黒曜宮のなかでは、正式の披露宴は明日の晩と決められていたので、この日はかなり身分の高いものだけに限定された、食事会があるだけだったが、それにひきつづいて、若い選帝侯たちが主催する舞踏会もあったので、黒曜宮もいつまでもあかりが消えなかった。

もっとも大きく、このような特別の祭典にはいつも祝宴の間として使われる黄金宮殿のなかでは、明日の披露宴のためにおおわらわの準備がおこなわれていた。なにしろ、ケイロニア新王の即位と、皇女の婚礼の披露宴なのである。事情が事情ゆえに、用意の期間もろくにとれなかったのはしかたないとしても、大ケイロニアの面目にかけて、訪れる各国の祝賀の使者たちにケイロニアらしい豪華な祝宴を準備しなければ、と黒曜宮の官僚たちは意地になってありったけの富にまかせて華麗なかざりつけと御馳走の用意をととのえようと東奔西走していた。宰相ランゴバルド侯ハゾスの命令で、あらかじめグインの帰国と同時にこの祭典がおこなわれることはあきらかになっていたのでかなりの準備は一応ととのっていたが、こんなものは、いざ目のまえにならなくては用意できぬものもいくらでもあるのである。ことに御馳走のほうは前から作りおきや買い置きのできるものばかりではない。ひっきりなしに黒曜宮の巨大な厨房には、荷を山のようにつんだ馬車が出入りし、大勢の厨房師たちが顔を真っ赤に火照らせてかけまわり、そして夜どおし、眠るなどというのはどこの国の風習か、とでもいうかのように、ごうごうとかまどにたきぎがくべられ、湯がわかされ、スープがとられ、そして巨大な肉のかたまりがいくつもぐるぐるとまわされながらあぶられたり、また水につけて戻してある干物が巨大な鍋のなかにわだかまっていたり、そして厨房師たちは味見をしようと鍋の上にかがみこんだり、必死に粉をこねつづけたり、巨大なへらでかきまわしたりしつづけていた。

飲み物係たちはかたっぱしから倉庫の酒のストックを広間の控の間に運び入れ、杯をそろえ、楽士たちは曲をそろえ――そのあいだにも、帝王の間では、新王による御酒下されの儀があって、それにもちゃんとはちみつ酒が大量にととのえられなくてはならなかった。明日使われるであろう、何百タルというはちみつ酒のほかに、きょう使われるものもそれと同じくらいなくてはならなかったのである。倉庫からもあとからあとから、巨大なタルをたくさん背中につけてよたよたと歩いているロバたちが出てきては裏に入ってゆくのだった。

かくて、大サイロンは眠りになどつくことをまったく忘れたかのように踊り狂い、うかれ騒いでいた。かがやかしくともされつづけるろうそくは、どれかが消えればまたただちに新しいのに火がつけられ、かがり火はいよいよごうごうと夜空をこがして燃え盛る。近衛兵たちの白い制服や護民兵のよく目立つ青に黄色の飾りのついた制服がかがり火に照され、人々の白い歯が木という木にかけたちょうちんのあかりに照りはえた。ひっきりなしにあちこちで、何秒《タル》おきかに「マルーク・ケイロン！」「マルーク・グイン！」の声がおき、そうするとたちまち大勢がそれに和した。それをかきけす勢いで「ケイロニア・ワルツ」がかなでられ、そしてまた「マルーク・グイン！」の声がおきる。サイロン市中から風ヶ丘の黒曜宮にいたる道という道はすべてちょうちんで埋めつくされ、大勢の人々が丘のふもとで夜明かしをするつもりのようであった。というか、かれらはこの二日間というものは一睡もする気なんかなかったのにちがいない。祝祭の狂熱がかれらをとらえてしまっていた。

だが、しかし——

黒曜宮の内部では、もうちょっとは、冷静な人々もいた。むしろ、祝典の当人たちのほうが、こうしたときのつねでずいぶんと落ち着いていたのである。それに、おえらがたには、一般国民たちにはとうてい理解できないようなさまざまな事情もあった。

「——ということだ。あらためてさいごに確認するが、わがケイロニア帝国は、アキレウス大帝陛下のかわらぬご意志にのっとり、これまでと同じく他国の内政不干渉主義の原則をつらぬくものとする。つまり、この政変はモンゴールの内政問題とみなす、ということになる。

よしモンゴール政府から、ケイロニアに対して援軍要請なり、援助要請があろうと、この不干渉主義の原則により、ケイロニアは一切兵は出さぬ。ただし、当然のことながら、モンゴールないしゴーラがケイロニアを敵とし、ケイロニアの国境を侵犯ないしなんらかの侵略行動、挑発行動をおこなった場合には、その時点で事態はあらたな展開を迎えることとなろう。したがって、ゼノン将軍の金犬騎士団ならびにアダン将軍の白虎騎士団は、これより解除命令が出るまでのあいだ、命令一下いつなりと、全軍の出動可能体制を厳守するものとされたい。以上、諸将、ないし諸侯、御質問は」

ケイロニアの新王グインの重々しい声が、おもてのさわぎなどまったくかかわりないかのようにひっそりとしずまりかえった、奥の会議室のなかに流れてゆくと、ここに集められていたごく少数の重臣、武将たちは、大きくうなづいて、質問のない旨をあらわした。

「黒竜騎士団はわれグインの指揮下にひきつづきとどまり、金犬騎士団、白虎騎士団出動にさいしてサイロン及び黒曜宮の警護にあたるものとする。じっさいには、事態は遠いモンゴール、トーラスで起こっており、こののちモンゴール軍がゴーラ軍との戦闘状態に入るとしても、それが比較的近距離のアルセイスまで及んでくるにはかなりの日時を必要としよう。それについてはあらたな展開にしたがって再び方針を決定してゆくとしても充分な余裕が持てるものと思われる。いかがかな、ハゾス宰相」

「王のおおせどおりかと存じます」

ハゾスはいたって丁重にいったが、グインにむかって「王」だの「陛下」だのと呼びかけるたびに、どうにもならぬほどの満足感と喜びとでその聡明な目がきらめくのだけは、かくしおおせるわけにゆかなかった。

「またゴーラ問題は、こののちよしんばいずれかの国家がケイロニアに援軍ないし後援を要求してくるとしても、ケイロニアには、特定の国家を援護すべき義理あいは現在存在しておりません。クム大公家との縁戚関係は現在、マライア皇后の死去をもって消滅しておりますし、またあらたにこのたびケイロニア皇帝家に皇女としてむかえられたオクタヴィア皇女殿下の母堂はユラニア人ではありますが、これまたすでに物故されておられる上に、ユラニア大公家の高位の女性ということはなく――もとより、モンゴール、またイシュトヴァーンのゴーラに対しては、ケイロニアはいかなる関係をもいまだ受諾しておりません。外交的にも、ケイロニアがおのが不干渉の立場を死守するべく、いかなる支障もございませんでしょう」

「よかろう。では、今夜の会議はこれで終了することにしよう」

グインはいたって簡単明瞭に云った。

「各位、さぞかし夜更けまでお疲れであろう。これにて解散とする。なお、まだ祝宴の間では、舞踏会がひきつづいている。元気のおありの向きは参加するもよろしかろうぞ」

「ただし、明朝早くから、こんどは帝王の間にて、オクタヴィア皇女御一家の御披露の儀がございますので、御出席になられるかたは、その体力は残しておかれますように」

ハゾスがにやりとした。そしてぱたんと、世界地図ともろもろの書類をはさみこんだ書類入れをとじた。

「お疲れさまでした。陛下はこれにてお引取りになられますか」

「ああ。ハゾス宰相、大帝陛下はもはやお休みか」

「小姓」

「いえ、それが」

呼入れられた小姓は、丁重に膝をついた。

「アキレウス陛下は、まだオクタヴィア殿下ともども、舞踏会の間におられます」

「なんと」

ハゾスは苦笑した。

「さては珍しく、お楽しい御気分とみえる。日頃は舞踏会からはロベルトともども先におひきとりになるのが常の陛下としたことが。それとも、お話し相手を会議がとってしまったから、戻られても詰らないとお考えなのかな」

「もう、そろそろ、御退出になるのではないかと、官房長官のおおせでございました」

「陛下はいかがなさいます」

ハゾスはグインをふりかえった。

「大帝陛下は珍しく、まだお楽しみのごようすですが」

「いや、俺は」

グインはいくぶん照れたふうをした。それをみて、ハゾスは察しよくほほえんだ。

「おお、そう、新婚の王妃さまが、首をながくしてお待ちかねでございましょうな。それでは、皆様、王陛下の御退出でございます」

「マルーク・グイン！」

居残っていた閣僚たちは大声にならぬよう気をつけて声をあわせた。

閣僚といっても、ハゾスがピックアップして、あまりかしらだったところが一気に祝宴の場からぬけて、何か異変がおこっているということを目立たせぬよう気をつけて選んであったので、その場でモンゴール政変への対策会議につらなっていたものは十人ばかりであった。アンテーヌ侯アウルス・フェロン、ローデス侯ロベルト、月番の選帝侯であるツルミット侯ガース、宰相ハゾス、近衛長官ポーラン、それにアダン、アルマリオン、ダルヴァンらおもだった将軍たちである。かれらはそれほどこの突発事態を案じてなどいはしなかった――大ケイロニアにとっては、はるかなモンゴールでのこぜりあいなど、何ほどの影響をあたえるできごとでもありはしないのは、もとより明白だったからだ。

だが、そのような自信を秘めつつ、決してどのような小さな事態でも軽視せず、きちんと処理してゆく慎重な体制が、このいまの大ケイロニアの平和と盤石の繁栄のもとを築いたのだと皆、自覚している。祝宴のあとに深夜に及んだ会議をいとうものもまた、いなかった。

「お休みなさいませ」

ハゾスは退出してゆくグインに丁重に挨拶をして、その雄大なすがたが廊下を消えてゆくのを見送った。そして、それにひきつづいて出てゆく将軍たち、閣僚たちにかるく会釈して送り出したが、さいごに、小姓に手をひかれたローデス侯ロベルトの黒衣のつつましやかなすがたが通り掛かったとき、つと、その肩に手をのばした。

「ロベルト」

「お疲れさまでした。ハゾス侯」

おだやかにロベルトがいうのへ、ハゾスはつと、その腕をつかんで、声をひそめた。

「たいへんお疲れのところを申し訳ない。だがまだ大帝陛下も舞踏会からおひきとりではないようすだ。ちょっとだけ、私に時間を頂戴できないか？」

「むろん」

ロベルトはおどろいたようすもなかった。

「わたくしなどでお力になれることがございましたら、いつなりと。どういたしましょうか？」

「あちらへ行こう。ちょっと、私は、あなたに、そのう――きいてほしいことがあるので」

ハゾスは、他の閣僚たちに挨拶しながら、ロベルトを案内していた小姓の手からいわば受け取って、その手をとり、隣の控え室を通り抜けた、さらに奥の小部屋に連れていった。

「何か、飲み物でも運ばせましょうか？」

「いえ、わたくしはべつだん――でも、侯がご希望でしたら、もちろん」

ロベルトは笑った。

「ご酒のおつきあいはできませぬが、お茶くらいなら」

「なら、ちょっとだから、御辛抱いただいてしまおうかな。もう夜もおそい。おからだの弱いあなたをあまり遅くまでおひきとめするのもどうかと思うし――それに、そのう……もしかして、ばかげた懸念かもしれないとも思えてはきたんだけれども……」

「ハゾス侯らしくないことをおっしゃる」

ロベルトはいぶかしげに、見えぬ目をハゾスの声のするほうへむけて微笑した。生まれついて目の見えぬという運命を背負っているが、むしろそのゆえにか、誰よりも考え深く、冷静な、おだやかで公平無私な人柄を慕われて、アキレウス大帝にとっても何よりも大切な相談役として特別扱いされている。その叡智と目の見えぬ代償のように非常にすぐれた直感力とは選ばれたケイロニアの守護神である選帝侯たちにもおおいに信頼されていた。

「モンゴールの件とはかかわりがないのですね？　何か、お気にかかっていることでも？」

「ええ、ちょっとね」

ハゾスは、ロベルトとむかいあって椅子に深く腰をおろすと、ほっと吐息をついた。

「どのようなことでございましょう？」

「それが……こんなことを、あなたに申上げてもしかたないかもしれないのだけれど――私は、日頃、よくディモスにはあれこれいうのですけれどもね――これはちょっと……彼では――彼も、とてもいいやつなのだけれど、少々そのう、デリカシーにかけるというか……こういう人生の機微にかかわるようなことは……たぶんどうあつかっていいかわからないだろうし――ある意味では、彼のそういう単純明快なところが、私には非常に気楽なのですがね、つきあっていて。……といってこれは、グイン陛下に申上げるのもちょっと……どうかと思うし。まだ確定したわけではないのだし……私の考えすぎかもしれないし、そのうちにどうかなるのかもしれないし、それとも……いまのうちに何か手をうったほうがいいのか、どうしたものかと……」

「ますます、侯らしくありませんね」

ロベルトはおだやかにいった。

「どうされました」

「それがね」

ハゾスは腹を決めた。つと、椅子をひきよせ、ロベルトに顔を近寄せて声を低めた。

「あなたは、ごらんになれぬから、あまりおわかりでないかもしれないが——マリニア皇女なのですがね……」

「ええ」

「どうも、その——おかしい」

「おかしい——?」

「ええ、そのう——こういうことを、だから、あなたにいうべきなのかどうか、悲しい気持にならせてしまったりしなければよいがと思うのですが——私も、三人の子持ちですから、赤ん坊というものはずいぶんと見てきている。……あの子は、つまりマリニア姫ですがね、あの子は……なんだか、私には……」

「お耳が御不自由なようにおみうけする、と?」

おだやかにロベルトが云った。ハゾスははっとして、身をかたくした。

「ロベルト。――あなたも、それに――?」

「わたくしは、むろん、目でみることはできませんが……」

ロベルトは淡々と云った。

「自分がこうであるので……それに目が不自由である分、どうも聴覚はひとよりもかなり発達しているようです。……このところ、マリニア姫の御一家と御一緒することが何回かありましたので、そのときごようすをうかがっていて、この赤ちゃんは、妙に――他の赤ちゃんと様子が違うなと思っておりました。むろん、わたくしは、そんなに大勢の赤ちゃんなど、知っているわけでもございませんが」

「おお、ロベルト。君も気がついていたとは」

ほっとして、ハゾスは急に肩の荷をおろしたように云った。

「よかった。では私の考えすぎとか、かんぐりすぎとかいうわけじゃないんだな。そうでしょう。――あの赤ちゃんは、なんだか変だ。……おとなしすぎる。いくらなんでもおとなしすぎる」

「あのくらい、おとなしい赤ん坊はいるとは思うのですけれどもね。でも、あの子は……なんといいましょうか、同じ部屋のなかで、ひとが話していたり、大きな声を出したりするのに、反応するようすがありませんでしたので、これはと思っておりました。侯はどうして気づかれましたので?」

「私は……最前、モンゴールの事件を告げる使者がかけこんできたときに、かなり皆が大きな声を出していたにもかかわらず、マリニア姫がまったく——そう、まるきりおびえて泣き出したりするようすがなかったので……どうもこれはと前からちょっと気になっていたものですから、さきほど、オクタヴィア殿下をお送りするときに、なにげなく、姫のお顔近くでちょっと大きな声を出してみたのですよ。……ふつうなら、あんな小さな赤ちゃんだから、知らないおじさんが近くで大声を出したら驚いて泣き出すか、よほどひとなつこい子でもびくっとくらいはするでしょう。だがあの姫は、まったくようすがかわらないでにこにこしているだけだった。これはどうも聞こえていないようだ……と——」

「お耳が御不自由なだけで、お口はきけるようではありますけれどもね。いっぺん、もう、かたことをしゃべっていた、と殿下がおっしゃっていたでしょう」

「だから、あなたに御相談してみたいと思ったんですよ、ロベルト。——私たち、健常なものにはとかく、わからぬことが多すぎて……どうなんだろう。耳のきこえない子供でも、ふつうにしゃべれるようになるものなんでしょうか」

「それは、読唇術なり……それに、その障害が、どのていどのものかにもよりますでしょうねえ。——オクタヴィア殿下御夫妻は、お子のそのようなごようすに気づいておられないのでしょうか？」

「さあ……とにかく、おとなしい子だと誰にでもいわれる、とはいっておられたが——もし気づいておられないとすると……せっかく、あんなに可愛がっておられるのに、医者におみせすることをおすすめして——いろいろとつらい思いをおさせするのもためらわれるし、といって——もし医者にかけて、早いうちならなんとかなるようなら、なるべくなら……なんとかしてさしあげたいし……」

「それで、わたくしに御相談をと思われたのですね。ハゾス侯」

ロベルトは黒びろうどのようなやわらかな光のない目をハゾスにむけて、おのれの障害の苦しみなどとうに超越したもののたしかさでやさしく微笑んだ。

「そうですね。もしお気づきでないのなら、辛い思いをおさせするかもしれませんが……でも、あの皇女殿下はとてもしっかりしたおかたです。ちゃんと乗り越えられますよ。それに、おそらくは、お母さんなのですから、誰よりも——殿下御本人が、どうもおかしいと考えて本当はお一人でお悩みなのではないか、という気がわたくしはいたしますが。思い切って、お話になってみられたらいかがです。なんでしたら、わたくしがお話してもよろしゅうございますよ」

「そうしていただければ——どうも、私はこんな微妙なことについてうまく話せるかどうかの自信がなくて」

「わたくしでよろしければいつなりと。でもとりあえずは、明日のお披露目のおわったあとがよろしいでしょうね。それに、御心配なさることはありませんよ」

ロベルトは透明な微笑をうかべた。

「もし、侯がお考えのとおり、マリニア姫のお耳が不自由であられたとしても、それは姫のためには不幸なことかもしれませんが、その試練をのりこえることでよりおおいなるものに到達する好機でもありますよ。わたくしがこのようなことを申上げると、口はばったくきこえるかもしれませんが——わたくしはおのれのこの障害を不便だとこそ思え、不幸だと感じたことはございません。マリニア姫はまだお小さいし、御両親の愛情にも恵まれておいででです。さいわいに大ケイロニアの姫君という恵まれた立場でもおいでになる。多少の障害は、かえって姫には、より真実に近くなる機会を与えてくれると思います」

「確かにそのとおりだ。——ただ、私は、そのう——アキレウス陛下のお気持を考えると胸が痛んで……」

ハゾスは口ごもった。

「陛下がどんなに悲しまれるだろうと思うと……あれほど初孫に夢中になっておられるだけにね。あなたからも陛下をお慰めし、力づけてあげて下さい、ロベルト。いつでも、あなたのお言葉が一番、陛下には力になるのだから」

4

ロベルトとハゾスが、そのような会話をひっそりとかわしていた、同じころであった。

別棟——新婚の王夫妻のために与えられた、銀曜宮と名づけられている豪華で瀟洒な宮殿のなかもまた、主宮殿のにぎわいをよそに、ひっそりと眠りにつこうとする気配をみせていた。

サイロンの黒曜宮は、風ヶ丘のふところにいだかれるようにして、無数といいたいほどにたくさんの建物を擁して建っている、複雑な構造の建築物である。そのもっとも主となっているのは皇帝のすまいでもあれば、その一階に広大な謁見の間、祝宴の間、帝王の間、黄金の間を擁する黄金宮だが、そのまわりにさまざまな庭園にへだてられて、七曜宮と呼ばれる小宮殿が回廊でつながれて建っている。そしてそれはそれぞれにちょっとづつおもむきを異にしているのを誇りにしている。そしてその七曜宮全体がまた回廊でつないだひとつの複雑な建物となっているのだ。

新王夫妻はいずれ、あらためて、皇帝が現在建築中の隠居所が光ヶ丘に完成しだい、ケイロニアの正式の支配者としてこの黄金宮に住居をうつすこととなるのだろうが、いまのところ、七曜宮のなかの銀曜宮をすべて新婚生活のための居室としてあたえられ、そこをすまいとすることにさだめられていた。さらにそれより南側の小さいが家庭的な緑曜宮が、オクタヴィア皇女一家のために与えられている。これもいずれは、光ヶ丘にひきうつることになるのが予定されている。

黄金宮のさんざめき、明け方になってもまだやみそうもない舞踏会のざわめきとあかりとは、ここまではとどいてこない。あいだに、ルーン大庭園がひろがって、深い緑と花々を咲かせた木々とが、主宮殿のざわめきをはばんでいるのだ。

「グイン――！」

シルヴィアは、グインが寝室に入っていったとき、巨大な天蓋つきの寝台のなかにふかぶかと布団に埋もれて、まるでどこにもいないようにみえたが、扉の開くひそやかな音と同時に布団をはねのけてとびおきて、むしろグインをぎくりとさせた。

「まだ、起きておられたのか」

グインはマントを腕にかけて入ってきて、そっと扉をしめ、マントをソファの上におきながら、いくぶんおずおずしたようすでいった。

「それとも、俺が不調法に大きな音をたてて入ってきてしまったので、お起こししてしまったただろうか？」

「何をしていたの、グイン」

シルヴィアは、白い、レースのえりのついたゆったりとした寝間着すがたのまま、寝台からとびおりた。といっても、まだからだがひどく弱っているのでそれほど活発な動作はできなかったのだが。思わずよろめいた彼女をみてあわててグインは手をのばしてささえた。

「いったい、なんだって……こんなに遅くなったの。ねえ」

「それは、その……会議があったのだ。申し訳ない」

「会議！」

シルヴィアは失望したようにちいさなくちびるをとがらせた。

「ねえ、わたしたち、きょうのひるまに婚礼をあげたのよ」

シルヴィアはいくぶん頬を染めながら小さな声でいい、そしてまた布団にもぐりこんでしまった。シルヴィアの髪の毛の先だけが、枕の上にのぞいている。

「きょうくらい、会議なんか……うっちゃってくれたっていいじゃないの。ひどいひとね」

「すまぬことをした。申し訳ない」

グインは途方にくれたようすで寝台のかたわらの椅子に腰をおろした。シルヴィアはそーっと布団から首をのばしてグインのようすをのぞいてみた。それから、グインがそのままそこにすわっているようだとみて、また布団のなかから小動物のようにのびあがり、グインの袖をそっとひっぱった。

「え………？」

グインは驚いたように顔をあげる。シルヴィアはまたそっとグインの袖をひっぱったが、ふいに、気をかえて、布団から出るとグインの肩にそっとしがみついた。グインはたちまち、気の毒なくらい狼狽した。

「姫――」

「姫なんて呼ぶのやめてよ。わたし、あなたの……わたし、あなたの――」

シルヴィアは真っ赤になった。

「わたし、あなたの妻なのよ。奥さんなのよ！　もう！」

「シ、シルヴィア――」

「だって、そうじゃない……あなた、さっき、ひるま、サリアの女神の前で誓ったじゃない。わたしを永遠にあ、あ――愛するって……」

「もちろんだ」

グインはいくぶん舌をもつらせながら、

「俺のその気持には決して嘘いつわりなど……」

「ねえ、女から、何をいわせるつもりなのよ」

シルヴィアはじれったそうにグインのたくましい肩にからみつき、そして甲冑のひもをひっぱってほどいてしまった。

「あ、何を……」

「いつまで、こんな、ぶこつなもの着てるの。早く、それ、ぬいで……寝台に入ってよ」

「ひ、姫……」

「ずっと、待ってたのよ」

シルヴィアの声が、のどにからんでかすれた。

「あなたが戻ってくるのを。——あなたってば、あたしが遅くまで起きているのがつらいからってここへ送って祝宴を抜け出したくせに、あたしを寝かしつけるとそのまんままたどこかへいってしまうんですもの。こんな——こんな新婚初夜なんてありゃしないわ」

「し、新婚——しょ……」

グインはどもった。シルヴィアはせっせと甲冑のひもをほどいて、とうとう全部ほどいてしまうと、勝ち誇ってそれを床に投げ出した。

「ひ、姫——」

「抱いてよ、グイン」

シルヴィアはいきなり、グインのたくましい胴にすがりついた。グインはあわてふためいて立ち上がった。シルヴィアの頭はグインのウエストのあたりまでくらいしかない。彼女の細い腕では、グインの分厚い胸をぐるっと抱きしめることもできないくらいだった。

「あたしたちはもう——夫婦なんだわ。そうでしょう。あたし、ずっと……思っていたのよ。本当にあなたがあたしを欲しいと思ってくれてるかどうか、きょうわかるんだって。……心配で心配で、胸がどきどきして、どうにもならなかったわ——何をしていても、まるで熱にうかされてるみたいな気分で……ね、グイン——あなたはあたしを好きだっていってくれたわ——そしてあなたはあたしの夫になった——あたし、あなたの妻なんだわ。あたし——ずっと、思ってた。あたしもいつかだれかの妻になるのかしら……そうして、そのひとはあたしを愛してくれるかしらって……」

「姫……」

「姫なんていっちゃ、いやだってばッ」

シルヴィアはグインのたくましい胴にしっかりとしがみついたまま鼻を鳴らした。グインは優しくシルヴィアのかぼそい、彼にはあまりにも子供のようにかよわく小さく感じられるからだを抱きしめていた。

「あたしはあなたの王妃のシルヴィア。——そしてあなたはケイロニア王グイン。……おねがい、やさしくしてよ。やさしいことをいって、愛してるっていって、そうして、お前は俺の妻なんだっていってよ。でないとあたし、あなたはあたしのこと、やっぱり本当はけがれた汚らわしい売女だと思っているけれど、お父様に命じられてしょうがないから妻にしたんだと思ってしまうわ。お願い、グイン、何かいって」

シルヴィアの目から涙がこぼれおちた。グインはおろおろしながら、その彼女の髪の毛を優しくぶこつになでさすった。

「俺はこんなことは……こんなことにはまったくといってよいほど、どうしていいか見当もつかないのだ」

彼は困惑しきって云った。

「だが、愛しているのは本当だ、シルヴィア。俺はあなただけを愛しているし、だからこそあなたを妻にした。俺はあなたのことを、心からいとしく思っている」

「おお、グイン――！」

シルヴィアはうっとりと目をとじて、グインの胸に抱きついたまま、頬をグインのたくましい胸にすりよせた。

「なんて、たくましい胸」

彼女はうっとりとグインの胸に頬ずりをし、手でグインの太い筋肉の盛り上がった腕をなでさすった。

「あたし、なんだか、本当に小さな子供になったような気がするわ。――あなたの胸に抱かれているときだけだわ、あたしが本当に安心できるの。――おかしいわね、グイン」

「こうしていてはお疲れになる」

グインはもごもごいった。

「こうしよう。俺が腰をおろすから、膝の上においで」

グインはかるがるとシルヴィアをかかえあげ、寝台に腰をおろした。シルヴィアはこんどは横ずわりにグインの膝にこしかけ、その太い首に腕をまわし、うっとりとその胸に抱かれて満足そうに目をとじた。

「おかしいわよね、グイン――あたし、この宮殿で生まれたのよ。ここじゃないけれど、このすぐ隣の後宮があたしの生まれて育ったところで、あたしは生まれてこのかたこの黒曜宮で暮してきた。だのに……いま、こうして戻ってきて、なんだかあたし、世にも馴染めない、見知らぬところに、まったく知らない国に連れてこられてしまったような気がするのよ」

「………」

「誰もかれも見知らぬ赤の他人、ううんそれより悪いわ。まるっきり、あたしのことをばかにしてさげすんで、冷たい目でみている、いやなおそろしい敵みたいで。――みんなの前に出るたびに、おそろしくて気が狂いそうになるの。――あなたがいなかったら、あのバルコニーになんか――あの大王広場のバルコニーになんか絶対ゆかなかったわ、私。……あなたがいなかったあいだ、この寝室でたったひとりで、あたし、怖くて、おそろしくて……なんだか、あなたが消えてなくなってしまったような気がして――これでもし、あなたがいなくなってしまったら、あたしは天にも地にもたったひとりぼっちなんだって……おかしいわね。なんでそんな気持になるんだろう。だってここはあたしの生まれた国で、そしてあたしは……お父様やお姉さまやなんかのいるところに、いま帰ってきたわけなんでしょう。だのに、なんだか、世にも孤独な、世にもひとりぼっちな気分になるなんて。――ねえ、グイン、あたし、あなたと一緒にあのノスフェラスの砂漠を旅してたときのほうが、いまよりずっとひとりぼっちな気持にならなかったわ」

「たぶん、姫は――いや、シルヴィアは、気が立って、疲れて、それでそんなふうに感じるのだろう」

優しく、グインはいった。

「だから黒曜宮に馴染めないように感じるのだろうと思う。まずはゆっくり休んで、元気をとりもどせば、そんなふうには――」

「ううん、そうじゃない」

シルヴィアはするどくグインのことばをさえぎった。

「あなたは、わからないふりをしてるの。そうでないのなら、あなたは強すぎて、あたしみたいなかよわい、何の力ももたないものの気持がわからないのよ。あたし、怖い。あたしはひとの敵意もこわい。ひとの目もこわい。あたしは何もかもこわい。だってあたしには、何にも、ひとの悪意にも、軽蔑にも、暴力にも、何にもたたかいようがないんだもの……あたし、あなたがいなかったら、いまでもあの遠いキタイのホータンの牢獄で暮してたわ……そうしてそのうちに気が狂ってしまっていたわ。あのころのあたしって、本当に気が狂っていたのよね？　そう思うでしょう？」

「それはしかたない」

グインはやさしく云った。

「あんな悪党に、しかも麻薬の力でもって、正気をなくされていたのだからな。シルヴィアは心やさしくかよわい少女なのだから、あんな目にあったらどんなに正気を失っていたって、それはまったくあなたのせいではない」

「なんだか、悪い長い夢をみていたみたいで……でもあれは本当にあったことなんだとときたま思うと……いったいなんで、こんなことになったんだろうって——あたしみたいな平凡なちっぽけなむすめが、なんでこんな……ふしぎな運命ばかりにまきこまれるんだろうって……」

「シルヴィア」

グインは、これ以上できぬくらいやさしい声でささやいた。

「俺は、あなたが好きだ。あなたは俺のたったひとりの姫だ。可愛いシルヴィア——もう決して、あんな恐しい目にあわせたりはしない、この俺の名誉にかけて誓う。俺は——あなたが俺をいとい、この異形ゆえに、見るのもイヤだと思うときがきたとしても、あなただけを守り、いとしみ、愛するだろう」

「おお、グイン」

シルヴィアはふるえながらささやいた。そして、激しく、自分からグインの鼻づらにキスした。

「それじゃ、あなたは本当にあたしを愛してくれているのね？　お父様に命令されて、いやいやあたしをめとったわけじゃないのね？　ケイロニア王になるための条件だったから、いやいやあたしと結婚したわけじゃないのね？」

「そんなことがあるわけはないだろう」

「あたしのこと、けがらわしい、指一本ふれるのもけがらわしいくらい汚れていると思わないのね？　だってあたしはユリウスに、あんなに——」

「もう、そのことは忘れてしまったほうがいい」

グインはさえぎった。

「あんなことは、ただの——狂犬にかまれたようなことだ。あなたの本質には、何ひとつ手はふれられてなどいない。あなたは少しも汚れてなどいない」

「本当に、そう思ってくれる？」

「もちろんだ」

「だって最初は——あたし、あなたにあてつける気持のほうが強くてエウリュピデスにいい顔をしたんだわ……でも、あたしのほうがたぶらかされて、それで……」

「もう、忘れてしまおう」

グインは強く云った。

「すんだことだ。それに、あれだって、淫魔の魔力だったのだ。やさしいかよわい少女のあなたが抵抗できなかったとしてもあなたの罪でなどありはしない。もう、あんな不幸なできごとなど、忘れてしまうことだ」

「忘れる——そんなの無理だわ」

シルヴィアはぎくっとしたように身をふるわせた。

「だってあれは本当におこったことなんだし——それをなかったことになんかできない。あたし、自分にうそなんかつけない」

「あなたはとても正直な少女だからそう思うのだ」

グインはやさしくシルヴィアの髪の毛をなでた。ほかにどうしていいか、よくわからないようすだった。

「そうすることであなたがあんないやな事件を忘れられるというのなら、俺はあの淫魔めを探し出して叩き切ってやったっていい――」

「だめ」

シルヴィアはグインにしがみついた。

「もう、あたしから、はなれないで。もう、絶対、あたしをひとりにしないで。この、だだっ広くて冷たい宮殿のなかに、あたしをひとりきりにしないで」

「ひとりになど、絶対しない」

グインは力をこめていった。

「神かけて誓う。――剣を捧げれば信じてくれるのなら、いますぐ――」

「剣の誓いなんかいらない」

シルヴィアはのどにからんだ声でささやいた。そしてグインの頭をひきよせようとした。

「そんなもの、どうでもいいわ――それより、抱いてよ、グイン――あたしを、いますぐに、あなたのものにして……そしてもう、決してはなさないで……」

「シ――シルヴィア」

ほとんど怯えたようにグインは口ごもった。そして、首にからみついたシルヴィアの腕をそっとほどかせようとしたが、シルヴィアが力をいれてはなさなかった――もっとも、グインのほうも、自分がほんのちょっとでも力をこめすぎたら、このかよわすぎる花嫁に怪我をさせてしまうのではないかという不安で、力を加えることもできなかったのだ。

「それは、いけない。シルヴィア――」

「どうして。あたしとあなた、夫婦なのよ――もう、正式の、ケイロニア国王夫妻なのよ……」

「それはそうだ。だが、俺はこんな豹頭の異形の男で――」

「そんなの、関係ないわ」

「もし万一にでも、そのう――生まれてくる子供が……俺のような、その――」

「あたし、あなたと同じようなみかけをもった子供、欲しいわ。そのう――女の子だったら困るかもしれないけれど……大丈夫よ、きっと男の子だわ」

「そ、そんなことはヤーンのほかの誰にもわからな――」

「キスして。それともあたしを抱くのがいやなの？」

「そ、そんなことはない……」

「あたしのこと、けがれていると思っているの？」

「そんなことはないというのに――」

「じゃあ、どうして？」

「だから俺は豹頭で――」

「そんなの関係ないっていっているじゃない」

「それに、俺はその――俺は、その……こんな、その――」

「あたしが、処女じゃないからイヤなの？」

シルヴィアは追及した。グインは真っ赤になった――といっても、豹頭は真っ赤になるわけにはゆかなかったので、赤くなったのは、彼のたくましい首からうなじにかけてと、胸のあたりだったのだが。

「そ、そんなことばを、その——あなたのような姫君が——」

「あたしは、あいつのために、クムの娼婦よりもあばずれに仕立てられてしまったわ」

シルヴィアは悲しそうにいった。

「だから、あたしに指一本ふれるのもいや？」

「そ、そういうことではなくて、だから——」

「大丈夫よ。あなたがそのう——ちょっとくらい、その……ひとなみはずれていても……そう思うといまいましいけれど、あのユリウスのおかげで、あたしずいぶん——仕込まれてしまったし、だから……平気」

「そ、そ、そ——そういうことをいってるんではなくて……」

「あら、じゃあどういうこと？」

「あなたは、まだ、病み上がりだし……」

「もう、すっかり元気だわ。元気でないのは、心のなかだけだわ」

「それに、俺はこんな豹頭で——」

「だからそんなの、関係ないっていってるじゃない」

「俺にはとても関係ないとは思えん——」

「じゃあ、あたしのこと、愛してないの？」

「そんなことはない――」

「じゃあ、証拠をみせて」

「だが、俺は――俺は……」

「あたし、魅力ない？」

「とんでもない！」

「それとも、あたしはユリウスなんかに処女を奪われたあばずれだからいやなの？」

「そ、そんなのは不可抗力で、それに――」

「ねえ、あたし、あなたのものにならないうちは安心できないの……女からこんなにいってるのに――」

「だが、俺は……こんな体格だし……」

「だから……」

シルヴィアの声がいっそうのどにからんでかすれた。

「私なら……心配しなくていいから……」

「だが――それは……」

「お願い」

シルヴィアは泣き出した。あるいは、それは泣き真似だったかもしれないが、グインにはそんなものはどちらにせよ見分けがつかなかった。

「シルヴィア、シルヴィア」

すっかりおろおろしてグインは叫んだ。

「泣かないでくれ。俺は不調法だから、女心などまったくわからない朴念仁だし、それに——女性をどうあつかっていいかなんかわからないんだし、それに、まして、あなたはこんな——病みあがりだし、ふれただけでも……壊してしまいそうで、その——」

「グイン」

シルヴィアはささやいた。そして、手をのばして、寝台のかたわらのサイドテーブルのろうそくを、ろうそく消しであかりを消した。

「グイン。——もう、何もいわないで……」

「シル……ヴィア——」

グインの声がシルヴィアの唇にふさがれてくぐもってかすれ、消えた。

「このあいだ、はじめてキスしたときも思ったの……」

シルヴィアのかすれた声が、暗がりのなかに、甘やかにまとわりついてきた。

「おひげがちくちくするわ、って。——やっぱり、あなたの豹頭って——本当の豹頭なのね、きっと……そうとしか思えない……だって、こうしてさわっていても、首のところだってこんなになめらかだし——ね、グイン——もう、何も考えないで……ずっと、あたしといて……ひとりにしないでね？　もう、あたしのこと……ひとりにしないで……お願い——」

グインのいらえは、シルヴィアの甘い息づかいのなかに吸い込まれるように消えた。

おそらくマウリアの園あたりでかなでているらしい、ケイロニア・ワルツの遠いしらべが、かすかにここまでも届いてきたが、もう、恋人たちの耳には届かなかった。

第二話　謀反のルノリア

1

パロ――

七つの塔の都クリスタルの、東の一画に広い庭園とともに優美なすがたをみせている、カリナエの小宮殿。

いま、そこの庭園は、ルノリアの花が盛りであった。

真紅のルノリアの花は、一回咲くと、そのあと三年は木が疲れて花をつけないというが、それだけに、咲いたときの花盛りぶりは圧倒的にみごとなものがある。ルノリアの葉はほのかな赤みを帯びた明るい緑だが、それさえも花の真紅にてりはえて、そのあたり全体が燃え上がるようなくれないにつつまれているような印象さえあたえる。香も高い。カリナエの小宮殿の庭園じゅうに、びっしりと、ルノリアの花々が咲き誇り、まるで炎につつまれてでもいるかのようなあやしい胸狂おしささえ見ているものに起こさせるかのようであった。

「――なんと、みごとなルノリアだ」

かすれた低い声のつぶやきを、ただちにききつけて、忠実な小姓頭のカイが、身をかがめた。車椅子のうしろには、数人の衛兵たちと、それに数人の小姓たちが、あるじの身辺を警護とその用にそなえてつきしたがっている。車椅子がとまったので、かれらも足をとめた。

「何か、おおせになりましたか。ナリスさま」

「なんと、素晴しいルノリアの花の盛りに出会うことだろう、といったんだよ、カイ」

ナリスは、車椅子を押してくれているカイに、肩ごしに顔をむけて微笑んだ。

「私も、長いこと生きてきて、花が好きだからありとあらゆる花を庭園に咲かせてきたが——ルノリアがこんなに当たり年であるのを見たのはこれがはじめてだ。ルノリアはどちらかといえば育てかたが難しい、気難しい植物だ。こんなに、木という木がいっせいに花を咲かせるなど、珍しいね。そうは思わないか、カイ」

「さようでございますねえ……」

カイはまぶしそうに庭園に目をやる。かれらはゆっくりと庭園に面した回廊を渡って、この数日ナリスがひっそりと病後を養っていた奥の一画から、カリナエにうつって以来はじめて、中表の本館へとむかっているところであった。ヨウィスの民の暗殺者の毒によってまたしても大きないたでをうけたナリスのからだには、まだもっとも上等な車椅子がたいらかななめらかな床をすべる震動でさえも、かなりひびくようすなので、カイは絶対に人手にまかせようとせず、ナリスを連れ出すときには自分が手づから車椅子を押すのでなくては承知しなかったのだ。

「この回廊はだいぶん明るうございますねえ。お目にお辛いことはございませんか」

「そう、あのルノリアの紅が目にいたい。まるで燃えている炎のようだ」

「お目をとじておいでになったほうがよろしゅうございますよ。あとで、お目が痛まれるといけません」

「大丈夫。というより、ひさびさにあんなに燃えるような色あいのものを見たな、という気持がして――なんだか、まるで強烈な酒でも口にしたような、酔ったような心持になってくるようだよ」

「…………」

カイは、複雑な表情で、自ら押している車椅子の上のひとをそっとのぞきこんだ。

マルガで、病身の無聊をまぎらすために呼び寄せたヨウィスの民のなかにひそんでいた暗殺者の毒のために、いっときは危篤状態となり、クリスタル市へ急送されて一命をとりとめた――それが、ひさびさにカリナエの自らの宮殿に戻ったナリスの、昨今の状態、ということになっている。

そして、一時はきわめてその回復があやぶまれるような危険な状態であったため、大勢のパロ宮廷の貴族、廷臣、重臣たちがひきもきらず見舞におしよせ、非常なにぎわいを呈していたのだが、それも、ようやく一段落して、またナリスはひきつづき養生につとめる、という名目のもとに、こんどはマルガではなくカリナエでのしずかな暮しに戻りかけていた。

だが、むろん、それはおもてむきだけのことだ。まことは、そのヨウィスの民の暗殺劇からして、魔道師宰相ヴァレリウスが周到に仕組んだ、ナリスをクリスタルに帰すための陰謀であった。ナリスのうけたいたでも、ヴァレリウスの手になる、にせの危篤をもたらす毒薬によるものである。

とはいえ、いまのナリスのからだには、それだけの動揺を与えられるのも、非常に負担であることは確かだった。だがまた、それだけの危険をおかしてでも、ナリスの生命が危険にさらされている、という非常事態を作りだすことなしには、クリスタル大公アルド・ナリスの存在をけむたがっている国王レムス一世が、かれをカリナエに帰すことを、何かと言を左右にしてもう決してうべなわないであろう、ということは、明らかだったのだ。

そして、当面、ナリスは——ナリスとひそかに志をともにする宰相ヴァレリウスとは、その危険きわまりない賭け、ナリス自身のいのちを賞品とした賭けに勝った。ナリスはその危険な毒から生還したし、そしてまた、その危険な賭けによって首尾よく、マルガからクリスタルへ、カリナエへとその身を戻すことができたのだ。

いまのところ、レムスから、ただちにマルガへ戻るようにとの沙汰はない。まだ、ナリスのからだはその毒のいたでからすっかりは回復しておらぬ、というふれこみになっているし、それはまた完全に事実でないというわけではない。だが、もしもレムスから、早急にマルガへ戻るようにとの命令が出たときには、そのときこそもう、それをさいごのヤーンのお告げとして、かれらは一気にことをおこす所存であった。

「もう、私は二度とマルガへは戻らないよ、ヴァレリウス」

最初に、毒のもたらした昏睡からさめ、おのれが首尾よくクリスタルに戻ってきたと知ったナリスのあおざめた唇からもれたのは、かたい決意のことばであったのだ。

「もしこの次マルガにもどればもう、機会はなくなる。私は一生をマルガに軟禁されたまま送るだけの廃人とされてしまうだけのことだろう。私はもうマルガの湖水をこの目でみることはないと決めたのだ。ヴァレリウス」

「はい――」

ヴァレリウスは、そのナリスの、まだ感覚の戻ってもおらぬかぼそい手を、ありったけの思いをこめて握りしめたのだった。

「心得ております。――私も、もう、ナリスさまを、マルガへおかえしはいたしませぬ」

「この次に、私たちが、マルガへ戻るときには、ともに――物言わぬ棺のなかの身となって、ね……」

「ええ」

「私たちには墓はいらぬ。反逆者には墓など必要ない――ただ、一片のなさけがあれば、私たちふたりをともにリリア湖の湖水に沈めてくれれば私はもうそれでいうことはないのだが……」

「ナリスさま」

ヴァレリウスは、ナリスの目をじっと見つめた。

「不吉なことをおっしゃいますな。私たちは勝ちます。私がここにいるのです。私が、ナリスさまを――パロ聖王の玉座におつけしてみせますよ。そして、最初にアル・ジェニウス、わが陛下――そうお呼びして、あなたに剣を捧げるのはこの私です」

「そう――だね……」

「ともあれだいぶん、今回の計略のために、なけなしの体力をまたすりへらしてしまわれた。まずナリスさまになさっていただきたいのは、その体力をちょっとでも取り戻して下さることです」

その、ひそかな決意の会話を二人がかわしてから、ようやくまだ十日ばかりがなんとか平穏のうちに流れたばかりだ。

とりあえず、ナリスはずっとヴァレリウスのいうとおり、体力を取り戻すことに専念しなくてはならなかった。最初はそれこそ、毒がまだからだにまわっていて、首から下の感覚がまったくない、とナリスは訴え、このまま、半身どころか全身が不随になってしまうのではないのかという、ひそかな恐慌にさえかられていたのだ。

本来ならば、きちんとヴァレリウスがその専門的な知識を駆使して使った仮死状態をもたらす毒薬であったから、それのききめがとければただちに体調ももとに戻るはずのところであったが、やはり、ナリスの弱ったからだにとっては、毒を服用することそのものが非常に大きな負担となったのだろう。ナリスの主治医のモースはつききりでナリスの看病につとめ、ようやく、数日後にナリスが手足のさきの感覚を取り戻したときにはほっと安堵の胸をなでおろした。そのあとの回復は、まあこのようなからだの状態にあるものとしては、おおむねこんなものだと考えなくてはならなかっただろう。ナリスはじっさいには、かなりの苦しみに耐えているようだったが、忍耐強く、決してその感じている苦痛を口に出して訴えようとはしなかった。だが、もうナリスの眉のごくわずかなふるえや唇の動きでさえ、彼の気持や感覚の動きをはかれるほどナリスの状態に精通しているカイは、何時間も、おのれの手がしびれそうになるのさえ気づかぬほど精魂こめて、ナリスの手足をさすってやり、モース博士の指示にしたがってぬるい湯からしだいに少しづつあたたかくしてゆきながらナリスを温浴させてからだをあたため、毒をぬいてやろうと必死になった。夜はことにナリスはからだが冷えてくると、毒の作用がよみがえるようで、手足の先がまた無感覚になる苦しみを味わった。カイはそのたびに、必死にナリスの手足をマッサージしてやり、なんとかして血行を取り戻させるためにほとんど眠らずにナリスに夜どおしつきそっていた。ナリスはすまながったが、カイは熱愛する主人をちょっとでも苦痛から救えるのならば、おのれ自身のいのちをちぢめても、とひたすら願いつづけていた。

ナリスのほうもしかし、必死に少しでもうけたいたでからからだが回復するようにと、いつになく熱心につとめ、ヴァレリウスやリンダにがみがみ云われなくても、日頃ならすすまぬ食事を懸命に、力をふりしぼってとるように努力していた。弱りはてたからだには、食事はひどく精力を必要とすることで、かつてのナリスは、食事したあとに気持が悪くなることをいやがって、ろくろくものを食べようともしないで、まわりにつきしたがうものたちに心配させていたのだ。だが、いまは、ナリスは、食後にどれほど目をまわして気持が悪くなってしまうことがわかっていても、必死に少しでも栄養のあるものをとって、体力を取り戻そうとしていた。ナリス自身にとってもまた、一日もはやく、せめて毒を服用する以前の最低限の状態に戻って、車椅子で起きていられるようになることが当面の最大の、そして緊急の目的だったのである。

そして、その苦しい努力のかいあって、ようやく、事件から十日ほどたったこの日に、ナリスははじめて車椅子に座って回廊に出ることができたのだった。

頭脳の働きのほうは——またヴァレリウスが皮肉っぽくいったように、舌先三寸のほうも、こちらはまったくもとどおりに回復している。ナリスのからだがどれほど損傷をうけても、首から上だけは何のいたでもうけないとでもいうかのようだ。

「いっそのこと、私が、首から下などなくても生きてゆかれる、脳味噌だけの生物だったらどれだけかよかったのだがね、カイ」

ナリスは、爛漫と咲き誇るまばゆいルノリアの茂みをまぶしそうに見つめながら苦笑いした。

「じっさい、いまとなって、私の首から下などにいったいどれほどの価値があるというのだろう。そんなもの、なくなってしまったところで少しも痛痒を感じない——少なくとも私はね。首だけの生物になって生きてゆければそのほうがどれだけか私も楽だし、手間ももろもろ省けるというものだな」

「また、そのようなおたわむれをおっしゃって……」

カイは苦笑した。

「お首から上だけになってしまわれたら、それこそ伝説の《物いうアルフ王の首》のようになってしまわれますよ。ひさしぶりに寝室からお外に出られて、おからだの調子はいかがでございますか」

「手足の感覚はずいぶん戻ってきた。けさは、調子がよかったので、ちょっと羽根ペンを持ってみたが……まだ、こまかな文字を書くのは無理のようだったね。だが、ペンをもつだけなら——署名をするくらいならなんとかなりそうだった。だが、まだ、長時間というわけにはゆかないな」

「また、お戻りになりましたら、お湯につかって頂いて、毒抜きをいたしましょう。あれが、まだるこしいようでも、一番おからだにききめがありますようで」

「そうだね、カイ。——すまない、ちょっと、のどが痛い。何か飲むものを」

「はい」

カイは合図した。ただちに、ナリスの車椅子のうしろに、小さなワゴンをおしてつきしたがっていた小姓が、さましたカラム水を入れた細い吸呑みをさしだした。ナリスの好みは、本当は非常に熱くした甘いカラム水だったのだが、いまのかれの喉の状態は、モースから一切の刺激をさしとめられていたので、熱いものは飲めないありさまだったのだ。それを口にして、ナリスはちょっとむせた。

「役立たずなからだになってしまったものだ」

ナリスは苦笑した。

「もういいよ。さあ、先をいそごう。お客様が、あきれかえって、きょうはもうクリスタル大公は客をむかえる意志なしと考えて、退出してしまわれる」

「ですから、奥におこしいただけばよろしゅうございましたのに」

「そうはゆかない事情もあるのだよ、カイ」

ナリスはかすかにほほえんだ。車椅子の一行は、しずしずと、ルノリアの庭園のまわりをまわっている回廊を通り抜けて、ひんやりとした空気の流れている、白亜の本殿のなかに入ろうとしていた。

カリナエの小宮殿は、小宮殿とはいうものの、むろんパロ最高の王族たるクリスタル大公夫妻の住居として、なみの貴族の住居の何倍もの広さと、豪奢さとをそなえている。いや、ごく普通のそのへんの王国であったなら、充分に豪華きわまりない帝王の宮殿としての貫禄をそなえていたことだろう。だが、中原最古の王国パロでは、これほどのみごとな宮殿でさえ、帝王のすまいにくらべれば小宮殿と呼ばれるていどのものにすぎない。とはいえ、それは、比類のない美しさと高潔で高雅な雰囲気をそなえ、その趣味のよさとこしらえのみごとさについては、帝王のクリスタル・パレスをしのぐとさえひそかに評判されているものであった。

長いあいだ、その小宮殿は、慕うあるじの不在に耐えて待ち続けていたのである。ナリスが妻のリンダにつきそわれてマルガの小離宮でひたすら養生につとめているあいだ、小宮殿は執事長のダンカンと女官長のデビ・アニミアの差配のもとで、いつ戻ってくるかあてもない主人夫妻が、たとえ今日の今日突然戻ってこようとも何の不自由もかけないですむように清潔に、花もたえず新しいものにいけかえられ、掃除もゆきとどいた状態に保たれていた。

だが、そんな心づかいがあってさえ、やはり、ほんとうのあるじが不在のままの住居というものは、ふしぎとがらんとうつろな、本当には生きていないとでもいったような奇妙な孤独感や淋しさ、わけもないさびれた感じをかもし出してしまうものである。使用人たちがどれほど心を砕いて何ひとつかわらぬようにととのえておこうとも、日々あるじたちがそこで生き生きと生活を送っていない、という事実だけで、その家はふしぎなほど、見捨てられた、廃墟然とした印象を漂わせてしまうのだ。そして、そこにあるじが帰ってきたというだけで、たとえそのあるじが瀕死の状態でずっと寝たきりであろうとも、みるみるその家には生気とよろこびと、そして本来の生命とがみなぎってくるように思われる。それはまことに不思議なものであった。

まして、それがナリスのように、よかれあしかれ周辺にあたえる影響が異常なまでに大きなあるじであるならなおさらのことである。ナリスには、たとえずっと寝たきりになってしまっていても、何日ももっとも奥まった寝室からまったく姿をあらわさなくてさえ、カリナエの一千人にも及ぶ使用人たちに強烈な求心力を感じさせるカリスマ性のようなものが生まれつきそなわっていたのだ。

「もうちょっとでございますから——ちょっと、休みましょうか」

くらしてきた」

「大丈夫だよ、カイ。それより、早く着いてしまわないと、ちょっと久々に起きたのでくら

「それは大変」

あわててカイは、できうるかぎりだったが車椅子を押す速度をはやめた。

白いなめらかな大理石をしきつめた回廊には、車椅子に与える震動が少しでも少ないように、カイの心づくしでじゅうたんがあらためて敷かれ、そしてそれはずっと、白い円柱が続いてその両側に美しい庭園が続いている、カナン様式のとても美しい奥殿から一番大きな母屋へと続いていた。ナリスはまぶしそうに目をほそめて、左右の庭園にいまを盛りと咲き誇っているルノリアを眺めるのに倦まなかった。やがて、一行はいかにもお練りの、病人を運んでいるらしい速度ではあったが、本殿の奥にむかう長い回廊を通り抜け、左右の壁にきわめて趣味のよい彫刻や絵画がかけられている廊下をぬけて、本殿のなかの奥まった客間——使用人たちがさかんに出入りしたり用をたしに動き回っている表向きからはまずそのなかの気配をうかがうことができぬような、主人たちのごくプライヴェートな用件にのみつかわれる、《ルノリアの間》と名付けられた一室にたどりついたのだった。

気のきくのでカイが可愛がっている小姓のユールがうやうやしく「御到着でございます」と前触れをして扉をあけた。その室はたまに密談などにも使われることがあったので、手前にかなり大きな控の間をそなえて、さらにその奥の扉は二重になっているという、きわめて用心のよい作りになっていた。白い柱と柱のあいだに美しい象嵌をほどこされた高い扉をあ

いった。そこにも一枚の扉があり、それをあけると、ほどよい明るい光があふれてきた——といっても、ナリスの調子が調子なので、目にまぶしくないよう、室内は日中だというのにきちんとカーテンをかけられて本来はうす暗かったのだが、ずっと寝室の暗がりに馴れていたナリスの目には、とてつもなく明るいように思われたのだ。そこに大勢の人々が集まっていた。

「クリスタル大公、アルド・ナリスさまのおいででございます」

ユールが告げた。そしてカイは車椅子を室内にそっと押し入れると、側近の小姓たちと近習たちに控の間で誰もこの室に近づけぬよう厳重に警護していることを命じた。そしてあらためて車椅子をそっと押して室内に進んだ。

ひどく大勢の人間が広い室内にいるように思われたが、じっさいにいるのは十二、三人であった。ルノリアの間は円形になっていて、まわりに規則正しく白い柱がめぐらされたサンルームふうのつくりになっていて、本来はそれはルノリアの庭園に張り出して大きく窓をひらけば庭園のみごとな花盛りが一望のもとに楽しめるようになっていたのだが、いまはしっかりと窓もしめられ、カーテンもかけられていた。むろんその庭園にも、もっとも忠実なカレニア衛兵隊の兵士たちが厳重に警護の歩哨をつとめているのだ。広い室内に、半円形に椅子をおいて、人々はナリスを待っていた。ナリスの登場をみると人々の口からかすかなざわめきがもれた。

「ナリスさま」

いわばかれらを代表するようにして、椅子から立ち上がり、挨拶したのは、ランズベール侯であった。

「おからだのほうはいかがでございますか？」

「だいぶ、よいようですよ、リュイス——皆さんにもかなり御心配をかけてしまった」

ナリスはカイの押す車椅子にのって半円形のまんなかにすすみ、首から上は自由に動かせたので、ゆっくりと客の顔ぶれを一人一人を確認するように見回した。ランズベールの塔をあずかる、ランズベール侯リュイスを筆頭に、そこに集まっていたのは、すっかり年老いていかにも老人めいた白髪となった聖騎士侯ルナン、聖騎士伯リーズ、同じく聖騎士伯カルロス、マール老公、カレニア衛兵隊隊長リュード、ジェニュアの大神殿からやってきた、デルノス大僧正の腹心、法衣すがたのヤヌス副祭司長バラン司教、そしてお馴染みの——だがかなり大人びたようすになったカラヴィアのランとヴァラキアのヨナの二人の学究、そしてクリスタル市護民騎士団の団長ロイス、そして黒い目立たぬ服に身をつつみ、髪の毛をヴェールで包んでいてもあでやかさのこぼれるような、フェリシア夫人、といったいかにも意味ありげな顔ぶれであった。

「お揃いかな？」

ナリスは一人一人の顔にゆっくりと視線をとまらせ、目をみかわして微笑みかけながら、云った。カイは近習に低い声でたずね、そしてナリスのかたわらに寄った。

「カラヴィア子爵アドリアンさまから、まもなく御到着になるとお使者があったそうでございます。少々遅れておいでのようで」

「ああ。そう」

「それから、リーナス官房長官は、本日は所用あっておいでになれぬとのお断りがございました」

「ああ」

「小姓組、お客人がたにお飲み物を」

カイは命じた。小姓たちが用意された飲み物をそっと、豪華な椅子のひじかけにつけられている小さなテーブルの上に好みをきいて配って歩くあいだ、ナリスは優しくほほえみながら、一室に集結した人々をじっとただ眺めていた。

室のなかにも、いまを盛りのルノリアが巨大な壺にたくさんいけられていた。それは何ヶ所かにわけておかれていたので、室全体がまるでルノリアの園のなかにでもいるかのような気持をおこさせた。

しんと奇妙な静寂が、小姓たちが立ち働いているあいだ、美しく豪華な室のなかにみちた。ナリスも口をきろうとしなかったし、誰も、あえて世間話などをはじめようとするものもいなかった。みな、かなり、それぞれに緊張したり、内心の動揺や不安をおしかくしたりしながらここに集まってきたもののようであった。ひとびとは熱心にナリスのようすを見つめ、少しでも、ナリスの体調の回復の度合いをはかろうとするかのようであった。

小姓たちが飲み物を配りおえると、カイはかれらをさがるように命じた。そして、「誰も、命じるまで、この一画に近づかぬように」とあらためて云いそえた。人々はかるくざわめいた——改めて、自分たちが、容易ならぬ席に立合おうとしているのだ、と悟ったかのように、あるいはそっと目くばせをかわし、あるいは誰とも目線をまじえまいとするかのようにかえって深々と首をうなだれている。それへ、ナリスはおだやかに口をきった。

「今日は、突然のお招きにもかかわらず、各方面より、カリナエにお集いいただくことができて、まことに嬉しい限りです。公式には本日のお招きは、ここにおいでのフェリシア夫人が久々にお国元サラミスからお戻りになったので、それをお迎えしての、御帰国歓迎のお茶会ということになりますが、まだお招きした皆さんが全員おそろいではありませんので、いましばらく、お茶でも飲みながら、御歓談を願いたい。ちょうどルノリアの花が盛りで、見ごろになっております。本来なら、カーテンをあけはなち、この室からはルノリアの庭園がもっともよく見晴せること、ルノリアの花を満喫していただきたいところですが、あいにくとあるじの私がこのような調子で、目の調子もよろしくない。カーテンをあけはなつととても目が辛いもので、このように室内に多めにいけさせておきました。これもまた一興とお許し願いたい」

2

ナリスにとってはもう、これだけ一気に喋るのは、とても辛い、力を必要とすることになってしまっていた。

もともときわめて流麗かつさわやかな弁舌で知られた人だっただけに、おのれがいまとなっては、傷ついたのどで長々と喋るのは非常に困難だ、ということには、ナリスのほうはもっともいつまでも馴れることができないようであった。手足の不自由や、体力のおとろえには、それなりにあきらめも、適応もしていたけれども、喋るほうまでは、どうしても自分がもう、思ったようにそのさわやかな弁舌をふるうことができぬ、ということを理解しきれぬように、思わずついつい長広舌になってしまいがちなのだ。だが、もう、ナリスののどはとても傷つけられていた上に、今回の毒のせいでまたしてもいたでをこうむっていたので、あのさわやかな美しいナリスの声は永遠に失われ、正直いって、ささやくような声ならまだしも、かなりはっきりと発音しようとすると、きいているものの胸が苦しくなるようなかすれた辛そうな声しか出せないのだった。

人々はいたましそうに目をふせたが、しかし礼儀正しく、ナリスが苦しそうに、ゆっくりと喋るのにさいごまで耳をかたむけていた。それから、ナリスはカイを見上げて合図した。カイはうなづいて、ナリスの唇にカラム水の吸呑みをあてがった。

「どうも失礼。——しょっちゅうこまめにのどをうるおしていないと、のどが張り付いたようになって、こんな声でさえ、出なくなってしまうのですよ」

ナリスはかすれた声で苦笑した。人々のなんといっていいかわからぬような沈黙のなかで、最初に口をきったのは、フェリシア夫人であった。

「おいたわしいこと。あんなにお美しいお声でいらしたのに。先日はまた、とんだご災難でいらしたのですってね。わたくし、サラミスにおりまして存じ上げませんでしたが、ヨウィスの民に化けた暗殺者ですって？」

「そう、フェリシア」

ナリスは微笑した。

「こんな無害な身体不自由な人間をどうして、暗殺などする必要があるのでしょうね。もう、放っておいてもどうせそれほど長くは生き長らえることもないでしょうに」

「まあ、何をおっしゃいますの。そんなことをうかがったら、誰もがなんとおこたえしていいか、わからなくなりますわ」

フェリシアとナリスの視線がからみあう。人々は礼儀正しく、この、もとはただならぬ仲だといううわさが世にも高かった美男と美女のふたりから目をそらしていたが、そのとき、明らかにあらかじめ打合せていたことがあきらかなかなり複雑なしかたで、扉がノックされた。カイが立っていって、扉ごしに低く誰何し、そして告げた。

「お待たせいたしました。カラヴィア子爵アドリアンさまを、大公妃リンダ殿下がおともないになって、お戻りでございます」

「あ……」

また、ひとびとはかすかにざわめきあった。扉があいて、あらわれたのは、長いケープのついたうすい緑色の細身のドレスに、髪の毛をきれいに結い上げ、いつになくきびきびしたようすに見えるリンダ大公妃と、それにともなわれた、うら若い、燃えるような目をした美少年のアドリアン子爵であった。アドリアンにとってもこの時の流れとそのあいだにあったさまざまな心ゆさぶられる出来事が影響をあたえていないわけはなく、あの頰もふっくらとしていかにも初々しく愛らしい美少年であったカラヴィア公の子息も、頰はいくぶんひきしまり、目つきも前よりはるかに凜として、いかにも青年らしく見えるようになっていた。身長までも、かなり伸びたようであった。前は短かった髪の毛をのばし、首のうしろで結んで、少年らしい短い上着のかわりに貴族の青年の長い胴着と上着をかさねるようになってきていたためもあっただろう。あのいかにも幼かった少年もすでに十九歳になっていたのである。

「皆様、お待たせしてしまいましたわね」

リンダはしとやかに挨拶して、アドリアンをあいていた席につかせ、そしてすばやく夫のそばに寄った。

「あなた。お加減はいかがでございますか」

「かなり、良いようだよ。それで、こちらの室で皆さんにお茶を召し上がっていただくことにした」

ナリスは肩ごしに妻にほほえみかけた。もしも、この美しい夫妻を以前からきわめて注意深く観察し、見守っているものがあったとしたら――カイなどはそうだったに違いないが――おそらく、こうしてカリナエに帰宅をはたす以前と、以後とで、この高貴な、そして数奇な運命を与えられた夫妻の夫婦関係に明らかな、微妙な、いうにいわれぬ変貌がおこっていたことに気づかざるを得なかっただろう。

かつては、かれらはいかにも美しく、絵に描いたように愛し愛されている、神々に祝福された夫妻の象徴のようではあったが、その美しさにも、夫婦愛にも、どこかしら妙に現実味が欠けていた。というか、いくぶん、絵に描いた花のような香りのない、実感のない印象を見るものに与えることがあった。いかにもふたりは礼儀正しく愛をかたりあい、ことあるごとにほほえみかわし、互いに対して優しかったし、それにたがいをいつもほめそやしていたが、どことなく、そのようすには、わざとらしいとまでは云わぬまでも、妙に儀礼的な、他人行儀なところさえあったのである。だが、いまは、明らかにすべてが違っていた。ナリスの、肩ごしにリンダを見上げた目には、かつてのような、ようやく手にいれた美しい品物をめで、その美しさを誇るような表情はまったくなくなったかわりに、ふっとからだが吸い寄せられてゆくような慕わしさと、これまでは明瞭にナリスのほうが妻をはるかに年上の、なんでも出来、なんでも指図する夫としてリードしていたが――それはナリスのからだがこう

なってからでさえ同じだったのである——それにかわってすべてをゆだね、母親に頼るように妻を頼っている、体の不自由な夫の妙に初々しい印象があった。そして、それにともなって、リンダのようすには、奇妙な誇りと凛々しさと、そして（私がこの人を守るのだ！　私が、いのちにかえてもこの大切なひとを守り通すのだ！）とでも全身で叫んでいるかのような、ある激しい勁さが生まれていることがはっきりと感じられたのであった。明らかに、いまではリンダのほうが保護者であり、リードする側であった。

フェリシアは、つと、おだやかに目で微笑みながらその二人のようすから目をそらした。

「これで、全員お揃いですの？　リーナスさまは、御用がおありということでしたのね」

「そのようだね」

ナリスがいったときだった。

「御免」

ふいにまた、扉をノックする音がして、そしてこんどはカイとことばをかわして入ってきたのは、黒い魔道師のマントに身をつつんだ、不吉な小柄なすがたであった。

「おお」

そのすがたを見たとき、低いつぶやきがもれた。マール老公であった。

「ヴァレリウスか。それでは、やはり、うわさは本当だったのだな」

「ヴァレリウスでございます」

魔道師宰相ヴァレリウスは、マール公のつぶやきなどきこえなかったかのように、無表情のまま音もなく入ってきて、ナリスとリンダから礼儀正しくちょっと距離をとって、ナリスのななめうしろに座をしめた。そして、首をかるくねじってふりむいたナリスに、そっとうなづきかけた。

「この一画はギールともども結界にて封じておきました。ギールも、身分柄この室にはあらわれはいたしませんが、もうここに参って皆様のために御守護いたしております。――もはや、何をおっしゃいましても、御自由でございます。私どもが結界をときますまでは、この一画でおっしゃったことや、なさったことが、外界に洩れる心配はございません」

「………」

ナリスはうなづいた。

「ギールというのは、あの、ナリスさまに陛下が看視をかねてつけられた魔道師の塔の魔道師のことですね」

ゆっくりと口をひらいたのは、バラン司教であった。

「国王派の魔道士がついているゆえ、めったには集まれぬとうかがっていたが――」

「いろいろと裏工作をいたしまして」

ヴァレリウスはうっそりと答えた。

「と申しますか、ギールは国王派うんぬん以前に、魔道師の塔に所属する魔道師でございますので……魔道師の塔の命令のほうが、国王の命令よりも優先する場合がございます。すでにギールもすべてをわきまえております。御安心なされますよう」

国王派の筆頭といわれて久しいヴァレリウスが、国王《陛下》という尊称を故意に除いたことは、居合せた人々には誰しも気づかれたようだったが、誰もそれについては何も云わなかった。

「ということは、魔道師の塔は――」

すかさずバラン司教が続けようとするのを、ヴァレリウスはかるく手をあげて制した。

「ただいま、順をおって、お話し申上げます。――いずれにせよ、まずは、この場はおもてむきは、フェリシア夫人御帰国の歓迎お茶会となっておりますが、しんじつはそうではないことは皆様すでにご存じのことと存じます。――そろそろ、はじめても、よろしゅうございますか。アル・ジェニウス」

「ああ」

ナリスはうなづいた。

「これまで、ここにお集まり願った皆さん、またもっと大勢の皆さんと、それぞれに別々にお目にかかってさまざまなお話をさせていただいてきた。だがこうして、一堂につどうていただいたことははじめてです。いうまでもなく、それはあまりにも危険なことと私が考えていたためだが。――だがもはや機は熟した。……きょうここにおいで下さったなかには、たがいに見知っておられぬかたもいようし、またすでにご存じでも、ここにどのような資格でおいでになっているかについてはご存じないかたもおられよう。まずは、お一人づつ、自己紹介をお願いしよう。まずは、ヴァレリウス、君から」

「かしこまりました。——わたくしは、魔道師の塔を代表して参っております」

それをきくなり、人々はざわめいた。ナリスはざわめきを制するように手をあげようとしたが、まだしびれの残っているかれの手は、そうして持上げるだけの力をも残していなかった。

「わたくしは国王により宰相を拝命いたしておりますが、まことの剣は唯一にして永遠なるわがアル・ジェニウス、正当なパロ聖王アルド・ナリス陛下にお捧げいたしております。——そして、本日は、わたくしは、パロ魔道師ギルドを代表する、魔道師の塔の大導師カロンの意向を代弁すべく参ってもおりますことを申上げておきます」

「ではそちらから」

ナリスは客人たちにいった。客人たちの顔にそれぞれの性質にあわせて、おののきや武者震いや、また緊張が走るのを、ナリスのしずかな目がじっと見つめた。

「サラミス公ボースの姉、デビ・フェリシアでございます」

フェリシア夫人が誇らしげな微笑をたたえてはっきりといった。

「私は、弟、サラミス公の代理として本日、この席に参りました。サラミス公騎士団は、アル・ジェニウス、アルド・ナリス陛下に忠誠をお誓いすることをすでに決議しております」

「ランズベール騎士団を率いるランズベール侯リュイス、わたくしのすべての忠誠は騎士団ごと、アルド・ナリス陛下のものでございます」

「ルナン聖騎士侯にお仕えいたします、聖騎士伯リーズと申します。若輩ながら、この重要なお席にお加えいただきましたこと、いくえにも御礼申上げます」

「聖騎士伯カルロスでございます。聖騎士侯ルナン閣下のお誘いに応じて参上いたしました」

「聖騎士侯ルナンであります」

ゆっくりと、すっかり白髪になり、たくましい体格もかなり老人めいて痩せてきたルナンは重々しくひとことだけ云った。

「ジェニュアより、ヤヌス祭司長デルノス大僧正の正式の代理としてまかりこしました。副祭司長、バラン司教でございます。ジェニュアは、すでにナリス殿下——いや、アル・ジェニウスよりうけたまわりましたる、パロの数々の危機について深く憂慮いたしております」

「僕は——遅参つかまつりました。その上にそのう——お許し下さい。僕は、カラヴィア公アドロンの代理でまいりました、と申上げることができません」

アドリアン子爵はくちびるをかみしめ、口惜しそうにリンダを見つめた。

「いまだ僕の力足りず、父を説得しきることができずにおります。だが、いずれ近々に、なんとかナリスさまと父にお目にかかっていただくことだけはなんとかなりそうです。そうなればおそらく父の心も動きましょう。ここには、僕は、ただ一介のカラヴィア子爵アドリアンとして参らねばなりませんでしたことをお許し願います」

「いいえ、アドリアンさま」

リンダは優しく微笑した。

「そのお志を頂戴して何よりも嬉しゅうございます」

「貴きかたがたの中に身分いやしき者がお加えいただき、汗顔のいたりでございます。カレニア王ナリスさまのご身辺を警護いたします、カレニア衛兵隊隊長リュード・ハンニウスでございます。カレニア衛兵隊全員は、またカレニア自治領は、あげてパロ聖王アルド・ナリスさまの御即位を心の底よりお待ち申上げております」

たくましい、いかにもカレニア人らしい小柄だが剽悍そうな色黒い顔だちの騎士は頰をほてらせて言挙げした。

「カレニアの全住民はアル・ジェニウス、ナリス陛下のため、いのちを捨てる覚悟でおります」

「クリスタル護民騎士団代表、市警長官ロイスであります。その――まだ、クリスタル市庁は全一致によって……このたびの御計画を支持するところまでは、参っておりませんが……かなり、それに近い展開にはなろう、とお考えいただいてよろしいのではないかと存じております。少なくとも、護民騎士団はクリスタル大公騎士団に弓ひく心はまったく持っておりませんです」

「有難う、ロイス市警長官どの。心強いお味方ですよ」

ナリスは微笑んだ。

「こちらのふたりは私から紹介しよう。こちらは私の――長年、私の研究に右腕としてたずさわってくれている、カラヴィアのラン。そして、こちらは現在王立学問所助教授となっている、ヴァラキアのヨナ、専門は神学、魔道学、歴史学、そして考古学そのほか。――いずれ、伝説のアレクサンドロスにもまさるともおとらぬ、中原最大の碩学となるのではと期待されている、若き俊秀です。以後、お見知りおきねがいたい」

「身にあまる御紹介をいただき、光栄でございます」

カラヴィアのランは丁重に頭をさげた。ヴァラキアのヨナは、長くのばした黒髪をぴったりと首のうしろでひとつにたばね、額に学問の輪をつけ、きわめて痩せて、そしてひとの心の底までも射ぬくようなするどい目をした青年であった。彼は黙って頭をさげた。

「ラン君はアムブラでは、かつての学生指導者としてまだ非常に大きな人望をもっている。そしてヨナ助教は王族も多く学んでいる王立学問所で、いずれは王立学問所長にも出世するのではとさえ噂されており、王立学問所の学生たちのなかに非常に多くの教え子を持っています。かれらの人望と人脈はいずれ、われわれの計画のために役立ってくれるものと信じて今回のお茶会に招くことにしました。――おお、それから、ここにいるこの小姓頭のカイについての御心配は御無用に。計画のすべてを熟知し、彼もまたとくに血判してくれております」

ナリスはいった。いつのまにか人々は、相変わらず苦しそうにかすれたナリスの声の聞き苦しさなど、何も気にならなくなったかのように、夢中でナリスのことばに耳をかたむけていた。

「そして、いまさらいうまでもないが、こちらは国王姉にして第一王位継承権者、そしてクリスタル大公妃リンダ・アルディア・ジェイナ、彼女は私の思いの最大の理解者であり、ごらんのとおりからだの不自由な私にかわってこのたびのすべての総大将をつとめてくれるとさえ云ってくれている」

「わたくしにとって、実の弟を糾弾し、その治世をくつがえそうという決意にいたるまでの心のはたらきはなまやさしいものではございませんでしたし、それはいまでも、胸のいたみなしには考えることができません」

リンダはきっぱりと云った。その目は紫色につよく澄んでおり、何のまどいもなかった。

「ただの弟ではなく、レムス一世はわたくしにとってはたった一人の同胞であり、双子として生をうけたかたわれです。かつてはおのれの分身とさえ感じておりました。その双子の弟をついに、正式に認められた王座から追い落とそうと決断するまでには多くの苦しみ、煩悶がありました。しかし、その苦しみをこえてさいごにわたくしに決断させてくれたのは、この世で誰よりもわたくしにとって最愛のたったひとりのひとである夫、クリスタル大公アルド・ナリスのこのむざんな受難を与えた当人である弟が、姉のわたくしの一生の幸福をこのようにふみにじり、あれほど人々の偶像としてパロの至宝とさえよばれて敬愛されていたクリスタル大公アルド・ナリスの一生を破壊したことについて、いまだにいかなる反省も認識さえもしようとせず、さらに無反省な暴政をくりひろげようとしている、と感じられたことでした。——もっとも身近な肉親である姉とその最愛の伴侶をさえこのように踏みにじれる暴虐な国王にどうして、国民の平和と安寧を守ることができましょうか。——わたくしは、レムスの姉であると同時にパロの第一王位継承権者です。パロの平和と安寧を守るのはわたくしの崇高な任務でもあります。わたくしは、レムスの、キタイにあやつられているという夫の疑惑がすべてはらされ、そしてレムスがわたくしとわたくしの最愛の夫にあたえたこの屈辱とはかりしれぬ損害と苦悩に対して、少しでも得心のゆく謝罪と反省を示さぬかぎり、どこまでも暴虐非道、暗愚の国王レムス一世の非をならしてたたかう剣をひかぬ覚悟です」

おおっ――

室に居流れた人々の口から一様にかすかなうめきのような声がもれた。リンダは一歩もひかぬまなざしで、人々のおどろきと賛嘆と、そしてひるみをさえ受け止めていた。その紫色の瞳は強烈な、これまでひとたびとして宮廷でのごく表面的な社交の日々では見せなかったような燃える輝きをおび、そしてその美しい端正な顔は見るからに果断な勇敢な決意をたたえてきびしくひきしまっていた。ナリスはその妻を、誇らしくてならぬかのように目もとをほころばせて見上げた。

「もしかしたら、私にできることは、このような雄々しい妻の決意と、そして皆さんの御厚情とを、この不自由なからだでもって少しでも邪魔にならぬようにとつとめるだけになってしまうかもしれない」

ナリスは云った。

「だが、私はそれでもすこしもかまわぬと思っています。もしも首尾よくこころみに成功したとき、パロ聖王の玉座につくのは、皆さんがいまアル・ジェニウスと呼びかけて下さった私でなくとも、この雄々しく凜々しい勇敢なイラナであってもいっこうにかまわぬ。いや、彼女こそ第一王位継承権者で、私は第二なのであってみれば――私のこの不自由きわまりないからだのことは抜きにしても、気質的にさえ、どうも彼女のほうが女王にむいているのではないかという気がするのですよ。じっさい、この決意を打ち明けてから彼女がどれほど私のために奔走してくれたかを考えると、私は、どうも優柔不断な私よりも彼女のほうがまったく、王座にのぼるために生まれてきたひとなのではないか、という気がしてならないのです」

ためらいがちな笑い声がおこった。リンダは苦笑して、夫の華奢な手をとった――リンダのほっそりと美しい手よりもさえ、いまとなっては、ナリスの手のほうがはるかに華奢で、そして無力であった。

「このひとは、そういうことがいちばん私をからかうことになるとよくよくわきまえているんですわ」

彼女は笑った。

「クリスタル大公アルド・ナリスが優柔不断だったら、この世に優柔不断でないひとなどいなくなってしまうでしょうよ！――でも、わたくし、思うのですけれど、いまのこのひとはわたくしにはまことに、守るべき二人とない姫君、わたくしの何倍もたおやかな女神のように思われるのです。たたかいとなったあかつきには、わたくし、クリスタル大公の白いよろいをつけて先頭にたつつもりです」

「そんな、リンダ」

アドリアンが驚いたように抗議した。

「あなたのようなかたが、そんな危険なところへいらしては」

「このはかなげな蝶々のようなひとでさえ、していたことなのですもの」

リンダは笑った。

「わたくしにできないはずがありましょうか。わたくしはノスフェラスを越えてきた冒険児ですのよ、お忘れですか。ずいぶんと、海賊だの、セム族だの、モンゴール兵だのと戦いましたわ。少なくとも、いまのクリスタル大公よりは、わたくしのほうが百倍も優秀な戦士だと思います」

「これは、頼もしい」

苦笑まじりにマール老公が云った。

「さすがはクリスタル大公――いや、アル・ジェニウス、ナリス陛下が永遠の伴侶として選ばれたかただとあらためて感じ入りますよ。だがしかし、リンダ妃殿下、あなたのようなあでやかな総大将をもつことは、兵たちの士気はおおいにたかめるでしょうが、実際の戦闘にその剣をふるわれるような必要はありませんよ。それはわれわれ、無骨な男どもの仕事です。おまかせ下さい。パロ国王は安閑と平和の夢をむさぼっています。かならずや、勝利してお目にかけますよ」

力をこめていったのはランズベール侯だった。彼は、もともと、ナリスびいきの筆頭であった上に、国王のナリスに対する苛酷な仕打ちとまるで彼をこのような半身不随の悲惨な状態に追込むためだけになされたようなあの恐しい無残な拷問がすべて、おのれの支配するランズベール塔でおこなわれた、ということにきわめて大きな慚愧の念と責任を感じていたので、常軌を逸するほどにこの反逆にうちこみ、誰よりもすべてをかけてこの反逆を成功させようと夢見ていたのであった。

「私にとっては――私にとってもむすめにとっても、ナリスさまは至高のおかただった。神にもひとしいそのかたをこのようなむざんなしうちにあわせたその復讐はかならずとげられなくてはなりません。パロ国王がキタイの魔手にとりつかれていようが、亡霊にのっとられていようが、そんなことは私には関係ない。必ずや、国王をひっとらえてランズベール塔の地下牢にぶちこみ、ナリスさまと同じ目に――おお、これは失礼しました。あの人はそれでも、リンダさまの弟御なのでしたな」

熱にうかされたようなランズベール侯のことばを、人々はいくぶんその熱が伝染したような熱っぽいまなざしできいていた。狂熱は狂熱を呼ぶ。その場にはごくかんたんに、激しい、怒りと愛国心にみちた情熱がわきあがってきていたのであった。

3

「さて、皆様」

ランズベール侯の激しいことばにあらためておのれたちがしようとしている謀反の重大さに気づかされたかのように流れた沈黙を、奇妙に淡々とした声で破ったのは、ヴァレリウスであった。

「ここは魔道の都、このようなときにこのような場所で張りめぐらした結界があやぶまれずにどのくらいもつものかは保証の限りではございませんし、今度のことはすべて、ひとつとして僥倖をたのむわけには参りませぬ。また、ナリスさまもこのようなおからだ、しかも先日のいたでから回復されたばかりでいまだ御本復とは申せず、あまり時間がたてばたちまちお疲れになってしまうでしょう。一刻も早くこの場で必要なことのみお話して、そして解散するにこしたことはありませぬかと存じますが」

「ヴァレリウスのいうとおりだ」

ナリスはまた、カラム水でのどを湿した。

「マルガにいるあいだも私は、かなり、国王派の間諜が入り込んでいるのではないかという疑いをすてきれぬことが多かった。ましてここは国王のおひざもとクリスタル、さらに国王がたの看視の目は厳しいものがあろう。端的に申上げる。諸君はこれまで、私と個別においになり、そして私のお話したことどもにそれぞれのお立場から賛同下さって、そして私と志をともにして下さると誓って下さった。これまでは、私は、とかく大勢で群れてしまえばひとりひとりのときよりも格段に人目につくことをおそれ、このような集合の機会はいっさい持たずにきました。これからも、たぶんそれほど多くは持てぬ機会であると思う。それだけに有効に使わなくてはならない。むろん、ここにお集まり下さった諸君が私に賛同してくれる人々のすべてだというわけではない。いかに無鉄砲な私といえども、それではあまりにも危険が多すぎる、可能性は低すぎると考えて断念せざるを得ないだろう。人数だけならば、すでに私に賛同し、ともにたたかうために血の署名を捺してくれた同志たちはすでに百名をこえた。そのなかの半数以上がなんらかのかたちで、おのれに所属する騎士団や傭兵を多かれ少なかれ持っている。さらにただいまリュード団長がいってくれたとおり、カレニアの民は自ら義勇軍をつのり、いつなりと私の要請がありしだい、いっせいに決起してくれるよう決意をかためてくれている。……だが、いやしくも一国、それもただの一国ではない、中原でもっとも伝統ある王国の王座をくつがえそうというのだ。――なみやたいていのことではないとは、私も覚悟をきめている。また、それを覚悟の上のこのたびの旗揚げだ――」

「ナリスさま」

ヴァレリウスが心配そうにそっと声をかけた。

「お時間のほうが……」

「わかっている。――きょうは、名目もぎこちないものしかできませんでしたし、また場所的にもこのような、あまりにもある意味、結界を張ったとはいえ無防備な場所しか用意できなかった。きょうここに諸君をお呼びしたのは、私のもくろみのいわば中核の地位にある諸君に、私のことばがいつわりでも、また誇張でもないこと、ほかにこれほどの地位や身分のある賛同者たちがいるのだということ、それを諸君に感じてほしかったからにほかならぬ。みな、パロを本当によくするためにいのちをかけてたたかってくれようという勇敢なる同志たちなのだ。……こののち、私は直接どのくらい諸君にお目にかかれるかどうかわからない。個別には、たえずお目にかかってさまざまなお願いをすることになると思うが、こうして一堂に会することのできる機会がどのくらいあるものかはもう、私には受け合えぬ。この次には、お目にかかるのは、たたかいが開始されてから、ということになるものたちもいるかもしれぬ。だがひとつだけ御記憶願いたいのは、きょうここに集まっていただいた諸君は、たがいに、たがいの顔を知られること、誰が同志であるのかをたがいに知られることによって、もうひきかえせぬ道に踏出すだけの勇気をおもちだったかたたちだということだ。――私にとって、このさき、この苦しいであろうたたかいを続けてゆく上に、もっとも中核として力になって下さるのがまさに、きょうここにつどうて下さった諸君だということは私はまったく疑いをいれぬ。――諸君、どうか、私にいのちをあずけていただきたい。私は決してそれを有効に使わぬことも、無駄にすることもせぬであろうと誓う」

「陛下」

ランズベール侯は激した口調で叫んだ。

「あらためてのおことばには及びませぬ。それがしは——いや、それがしたちは、一人残らず、パロの最高の愛国者として心よりパロを案じ、そしてまことのアル・ジェニウス、アルド・ナリス聖王陛下の御即位を実現せんとの希望にもえて、いのちなどまったく惜しむことなどありえぬと陛下にお誓いするためにこそここに集まったものども——」

ランズベール侯は、腰に帯びていた剣を引き抜くなり、ナリスのまえにすすみでた。

「アル・ジェニウス。わが唯一無二の剣の誓いを、おんまえに。——君はわがただひとりの君主にして、わがいのちの支配者なり。わが忠誠に疑いあらんそのときには、わがいのちを奪われるべし」

「有難う、リュイス」

ナリスはかすれた声でいった。そして、さしのべられた剣の柄に、折れそうな、白い布で手首を包まれた手をさしのべて、細い指先でそっとルーンの印を切った。

「さだめどおり、剣にくちづけておかえしする力をもたぬなさけない王である私を許して下さい。あなたの忠誠のあかし、たしかに受け取った、ランズベール侯リュイス」

「ナリス」

パロ王族の男性最長老、マール老公と、ナリスの親がわりとしてかれをずっと育ててきた、聖騎士侯ルナンとが、先をあらそうようにして立ち上がり、次々と剣の誓いをおこなった。

それにせきたてられるように、そこにつどうた人びとは、次々とナリスの車椅子の前に進み出、剣を捧げ、誓詞をのべた。さいごにフェリシア夫人が、懐剣をとりだして、それを捧げた。

「この剣は、サラミス公ボースの剣の誓いとお心得下さいまし。国表を出るとき、弟より預って参りました、サラミス公ボースの剣を、いざ、お受取りを、アル・ジェニウス」

「ありがとう、フェリシア」

「むろん、弟のみならず、わたくしも、そしてサラミス公息タルクスの剣もみな、アル・ジェニウスのものでございます」

「そう云って下さったことは決して忘れぬ」

「同じことを申上げられぬ身が口惜しくて」

アドリアンは初々しい少年のなめらかさは失ったとはいえ、まだ充分に端麗なその美貌に、悲痛な色をうかべた。

「でも、おまかせ下さい、大公妃さま。ただちに僕は国もとに下ります。そして必ず、近日中に父の誓いの剣を持ち帰るため、いのちをかけて父を説得するつもりです。カラヴィア騎士団の説得は僕におまかせ下さい。もしも父ががえんじなかったならば、僕は——僕は父を殺してでもカラヴィア騎士団をナリスさまのお味方につけるつもりです」

「そのような、危険なことをおっしゃってはいけませんわ。アドリアンさま」

リンダは苦笑した。

「あなたがお父様に対して反逆の志ありなどと知られたら、説得どころか、たちまちあなた御自身がお父様に軟禁されてしまいます。カラヴィア公アドロン閣下はとても厳しいおかたです。くれぐれも、説得は慎重に、聡明になさって下さいましね」

「わたくしも、カラヴィアに参りますわ、ナリスさま」

フェリシアがささやくようにいった。

「こう申しては何ですけれど――坊やの前でいうようなことばではございませんが、アドロン閣下は以前、わたくしに、その――ぜひとも後妻になってはくれぬかと求婚されたことがございます。アドリアンさまには、なきお母様のあとがまになど、きくもけがらわしいお話でございましょうけれどもね。ですけれど、アドロン閣下がわたくしに、そのようなお気持を抱いていて下さったことは、事実です。ですから、わたくしの説得も多少の役にはたつかもしれません。アドリアンさまがカラヴィアに下られると同時に、わたくしも前後してカラヴィアに参りましょう。どちらにせよ、父に会ってもっと援軍の件を具体的にするために、もういっぺん、サラミスまで参らなくてはならないというつもりでしたし」

「戻ってこられたばかりなのに、御苦労をかけますね、フェリシア」

「とんでもない。アル・ジェニウス」

フェリシアの目があやしく輝いた。

「あなたのために、こうして奔走できるのはわたくしの人生さいごの最大のよろこびですわ。――それに、こうしてパロのおために働いているのだと、信念にしたがって動いていられることは、つまらぬ恋愛ごっこや宮廷での色恋沙汰にうつつをぬかしているより何倍も楽しゅうございます」

「これはこれは」

思わず、人々は笑い出した。緊張のはりつめていた室内にやっと、少しほぐれた空気が流れた。

「これはまだくわしく申上げるわけにはゆきませんが、さきにヴァレリウスが名乗ったことばでもおわかりのとおり、パロ魔道師ギルドは今回の件については全面的に私たちの側につくことを決定してくれておりますし、ジェニュア大神殿もまたしかり、そして、これも具体的に申せませんが、いくつかのきわめて強力な外国が、すでに、私の要請をいれて、いざとなれば兵を動かしてくれることを約束してくれています。われわれは確かにパロ国内ではどうしても少数派にならざるを得ないだろうが、決してそれほど不利な立場ではない、そのことだけは、決して忘れないでいただきたい。よろしいですね」

「アル・ジェニウス」

まるでそのことばが、魔力を含んでいる、とでもいうかのように、人々は唱和した。ランズベール侯などは、そのことばを口にするたびに、うっとりと目をうるませていた。

「では、もう、この上こうしてつどうているのは危険です。おひとかたづつ、そっとお帰り下さい。そのまえに、おひとりづつとそれぞれにお話しなくてはならぬことがたくさんあるのだが、私も例の毒の事件から回復したばかりで、どこまで元気がもつものかわからない。

もし間に合わなければ、ヴァレリウスからお話いたしましょう。それでは、リュード隊長はどちらにせよ、このカリナエを守護していただいているのでお話が早い。いつものとおり警護所にお戻り下さい。カレニアの国元へ使者をやって、義勇軍の上京をうながす件については、のちほどヴァレリウスがお話する。バラン司教は、お泊りの御予定でおいでになっているので、お部屋のほうへ小姓が御案内申上げましょう」

「そのようなこまごまとしたことを、アル・ジェニウスおんみずからおおせられることはございませせぬ」

ヴァレリウスが割って入った。

「皆様には、それぞれに、御案内をいたします。ともあれ、まずは、ナリスさまを奥殿にお戻し申上げますので、かたがた、いま少々お残りいただきまして」

「アドリアンさまにはわたくしから、ここに参る途中のお話のつづきをさせていただきますわ。アドリアンさま、あちらへ」

「ああ」

リンダにいわれて、子爵は嬉しそうに立ち上がる。

「マール御老公、カルロス聖騎士伯閣下、リーズ聖騎士伯閣下、あらためてアル・ジェニウスとお話いただきたいと存じますので、本日は、ランズベール侯と御同道あって、ランズベール城へ」

「ああ。そのように云われていたので用意してきてある」

マール老公がゆっくりと立ち上がる。ヴァレリウスは、気がせいていたので、リンダにそれらの送り出しはまかせて、カイに合図し、いそいでナリスの車椅子を、ルノリアの間から回廊へ出させた。

「ヴァレリウス」

まだ、扉がしまるかしまらぬうちに、ナリスは気がかりそうにいう。

「ひどく、急いでいるな。何か、事態の変化があったのではないか？」

「そのとおりです。でもこの回廊では結界は一応張ってあるとはいえあまりに不用心です」

ヴァレリウスは答えた。そして、カイを急がせた。くるときにくらべれば何倍かの速度で、かれらはまた、一応結界が張ってあって安全なナリスの居間の一画へ入ってきた。

「もっと大勢の魔道師をいちどきに使って結界を張らせれば、カリナエくらいの規模でしたら、全域を一気におおってしまうこともできるのです」

ヴァレリウスは云った。

「そうすれば、ずいぶんと、手間がはぶけるといいますか、もっと基本的に安全になるのですが——そのためには、逆に、カリナエのなかには一切間諜が入り込んでいないという確証がつかめなくてはならない。結界があるからと安心して、もろもろの密議をおおっぴらにしてしまって、もしそれより先にどこかからの間諜が入り込んでいたら、すべて水の泡ですからね。——それに、ギールが協力してくれるようになったとはいえ、ギールにつけられている魔道士たちがすべて、全員魔道師の塔の決定を優先するとは限りませんし——それに私はまだキタイのことも気にかかります。当座は、若干もどかしくても、慎重の上にも慎重を期しておかないと——ことがことだけに」

「さあ、でももうここなら大丈夫なのだろう。どうしたの、ヴァレリウス。何があったんだ」

「いろいろなことがいっぺんにおこってきて、目がまわりそうです」

ヴァレリウスはつぶやくようにいった。

「まず、トーラスで政変が起こりました。政変というか——過去にどうやらノスフェラスでひきおこした、モンゴール軍への敵対行動の記録が掘り起こされて、それの糾弾のためにアルセイスから呼び戻されていたイシュトヴァーン将軍、といいますか、ゴーラ王イシュトヴァーンが、法廷の場でサイデン宰相を切り殺し、カメロン将軍と少数のゴーラ軍をつれて逃亡してから、国境にふせてあったゴーラ軍によってモンゴールの首都を制圧。現在は、アムネリス大公とモンゴールの重臣たちは幽閉、モンゴールは完全にイシュトヴァーン軍の制圧下に入っているということです」

「ほう。それはまた、ずいぶんと早かったね。いま知らせてもよくはなかったの？」

「かれらにはまだ、もうちょっとかれらの忠誠が確定したものだと明らかになってからでないと、ナリスさまがイシュトヴァーン王と密約を持っておられることはあかさぬほうが無難だと私は判断しています」

ヴァレリウスはくちびるをかんだ。

「全体にパロの国民感情がモンゴールに対して――またゴーラに対して基本的にきびしいことは何回も申上げているとおりです。あの集まった人たちのなかで、イシュトヴァーン軍がうしろだてについている、ときいて、それは心強いと考えるのは、せいぜいフェリシア夫人とランズベール侯くらいなものでしょう。特に私は、聖騎士のかたたちのモンゴールへの反感が心配です。ルナンさまは心配ないでしょうけれどもね。あのかたは、ナリスさま以外のことはどうでもいいかただから」

「そんなに、反感をもつかな。逆に、モンゴールに反感をもつなら、そのモンゴールをたおしたゴーラ王には共感できるのじゃないの」

「そうはゆきませんよ。結局のところ、モンゴールは先王御夫妻を殺害し、クリスタルを占領したといううらみかさなる敵ですし、何をいうにも、たとえゴーラ王と名乗っていてもイシュトヴァーンはアムネリス大公の夫です。ゴーラの国内でのもめごとといっても、じっさいには、モンゴール内部での争いとしかパロのものたちには見えませんから。私は、この、イシュトヴァーン軍がうしろだてについている、ということをばらすタイミングはおっそろしく難しいと思えるのですよ。先日のスカールさまと同じように。それまで、いい調子で誓っていてくれた人でも、それをきいた瞬間に『敵と手をくむならば売国奴も同然、そのような謀反には参加できない』ということになる可能性が皆無とはいえない」

「そんなことはないと思うよ、ヴァレリウス。逆に、モンゴールにだったらそうだった人でも、この政変でかえって、ゴーラのイシュトヴァーンがうしろだてになっているのなら、というふうに考えられるのじゃないかな」

「いずれにせよ、それがどっちにころぶのかがわかるまでは、私からそっとさぐりはいれておきますが、それについてはふせておくべきですね。ナリスさまとイシュトヴァーンのつながりについてはですね」

「それについてはむろん、お前の判断にまかせるよ」

「リンダさまにもまだおっしゃってないのでしょう」

ヴァレリウスは怖い顔をした。

「カイ。ナリスさまのご寝所のお支度を頼む。それから、ナリスさまに、お飲み物とかるいお食事のご用意を。このさきいくつかあの人たちと会談していただかねばならぬが、体力を温存するため、ご寝所でしていただき、できれば何か召し上がっていただかないと」

「はい」

カイはいくぶん心配そうだったが、二人を残して出ていった。ヴァレリウスはナリスの車椅子にいっそう近づいて声を低めた。

「じっさいがイシュトヴァーンについてだけは安心して口にできるのはカイの前くらいで、それもカイについてだって、それはただ単にカイが狂信的にあなたを崇拝しているから、というだけのことにすぎない。あなたとイシュトヴァーンの結びつきについては、もういまここでまた話をむしかえしているような時間はありませんから、やめますが、私はいまだにこれはあなたのなさった最大の失敗、というか、最大の間違いであると考えていますよ。もうひとつお知らせがあります」

「…………」

「イシュトヴァーンのトーラスでのクーデターとほぼ時を同じくして、ケイロニアの都サイロンで、帰還した黒竜将軍グインが、無事保護して連れて戻った皇女シルヴィア姫をめとり、正式にケイロニア王に即位して、ケイロニア皇帝の後継者となりました。――とはいえアキレウス帝はグイン王の豹頭であるのをはばかり、一応、皇太子にたてることはせずに、シルヴィア姫をかわらず世継の皇女として、グインには、一代かぎりのケイロニア王、という称号をさずけたそうです。そして、シルヴィア王妃に男子が生まれたさいにはその子供が皇太子となって次代のケイロニア皇帝となる、もし女児しか得ない場合には、まずシルヴィア姫が女帝となり、次に長女がそれをつぐというだんどりになることに決まったようです」

「おお」

ナリスは短く云った。ヴァレリウスはつと手をのばして、まだカイが戻ってきそうもないのを見定めて、ナリスの華奢な手を、ナリスに耐えられるかぎりつよく力をこめて握りしめた。スカールとの会談以来、《グインに会う》ということば、いや、《豹頭のグイン》ということばそのものが、かれらふたりにとっては、あるきわめて特別な意味あいをもつようになっていたのだ。

「ケイロニアの豹頭王グイン」

うっとりとナリスは云った。ヴァレリウスがしっかりと手を握りしめて、まるでナリスの魂がどこかに飛び去ってしまわぬよう地上につなぎとめなくては、と思ってでもいるかのようなことさえ、気がつきもしないようだった。

「おお――なんて、ふしぎなのだろう。なんと、ことばにつくせぬほど物語めいてひびくのだろう！　ケイロニアの豹頭王グイン……とうとう、裸一貫でルードの森にあらわれた半人半獣の戦士が、世界最大の王国ケイロニアの王と呼ばれる身になったのだ……」

「そしてあなたは中原でもっとも伝統ある王国パロのアル・ジェニウス、聖王陛下となられるのですよ、ナリスさま！」

まるで叱りつけるようにヴァレリウスは云った。

「そんな、まるで蜃気楼を見つめているような目をなさらないで下さい。お願いですから！　あなたは、これから、あなたの人生最大の賭けにのりだそうとなさっている山師なんですよ！　もっと、悪党らしく、そんな夢見るような目をなさらないで下さい、ヴァレリウスの一生のお願いですから」

「わかっているよ、ヴァレリウス」

おとなしくナリスは云った。

「そうか……ケイロニアの豹頭王グイン、か……」

「まだあります」

かみつくようにヴァレリウスはけわしく云った。

「戻ってらして下さい。また、ノスフェラスの白日夢のなかに引き込まれたりなさらないように。――よろしいですか、グインはたしかにシルヴィア皇女を救出してキタイから戻ってきたのですが、そのさい、奇怪なことに、アキレウス大帝のもうひとりの皇女一家、というのを、見つけ出して、サイロンに同行したというのですね。サイロンの間諜にも、どういうことかよくわからなかったみたいですが、どうもあやしげな話でしょう」

「もうひとりの皇女一家だって？」

けげんそうにナリスは云った。ヴァレリウスはうなづいた。

「そうなんですよ。それは母親のほうははっきりしていまして、マライア皇后が嫉妬のために誘拐して惨殺してしまった、ユリア・ユーフェミアという、アキレウス大帝の愛妾が、失踪したときに妊娠していた、そしてもしその生まれた子が女性だったらつけられるはずだった名をつけられているというのと、なんでもいろいろ証拠がそろっていて、本当の皇女であってどこかのペテン師でなどないことはどうやらはっきりしているらしいです。ケイロニアはその点は非常に厳密ですからね。モンゴールのようなことはありえんでしょう。ですが、その突然発見された皇女というのは、シルヴィア皇女よりも年上なので、こちらが第一皇女にあたるはずなのですが、おそらく国内の乱れるのをはばかってでしょう、皇帝は、あくまでもシルヴィア皇女を第一皇位継承権者にとどめ、その皇女――オクタヴィア姫というのだそうですが、そちらには皇位継承権を与えなかったそうです。ただ、その皇女というのは、ものすごい美人なのだそうで、サイロンじゅうは、突然ふってわいたようにあらわれた、ものすごい美女ですごく勇敢ですごく高貴だという皇女の話題でもちきりだそうです。むろん豹頭王の即位のほうも申し分なく話題にはなっているようですがね。それとその、突然発見された皇女というのはすでにもう、結婚していて、子供もあるのだそうで、つまり、アキレウス大帝には、これまでケイロニア王家の最大の弱点というのはあの係累の少なさで——皇弟ダリウス大公の死でほとんどケイロニウス皇帝家の血筋をひくものが極端に少なくなり、シルヴィア皇女の誘拐がケイロニアにとってたいへんな話題になったのは、もしかして皇女が発見されなければもう、ケイロニウス皇帝家の直系が絶えてしまうのではという心配さえあったからなのですが、突然にいろいろな親類縁者があらわれたというわけです」

4

「それはまたなかなか希代な話だねえ、ヴァレリウス」

「まったくですよ！　私にもどうも、なんだかそれは何かのあらての詐欺ではないかとしか思えないのですが——しかしケイロニアは選帝侯会議も宰相のランゴバルド侯もまたお歴々もそんなふうにたわやすく騙される連中ではないし、さぞかしきびしい審議があったのでしょうから、それに合格して正式に発表になったからには、本当にアキレウス大帝の血筋であるということは間違いないんでしょう。それにまあ、すでにグインがケイロニア王に即位し、今後の体制がそこまでがっちりと組み上がっているからには、もう、いまさら新しい皇女が登場しても、お家騒動になる可能性は少ないわけですから。——が、その皇女がつれていたのが男の子供だったらまた大変だったかもしれませんが、さいわいというか、女の子だったので、べつだんそれほど問題もなくおさまったようです」

「ふむ……」

ナリスはゆっくりとその情報を咀嚼しているかにみえた。

「とにかくたいそうな美女で、パロの誇るクリスタル大公にさえ比肩するほどだ、というよけいなおまけがついていますがね。あなたに比肩することのできる美人など、全世界をさがしたところでいるわけもないでしょうに」

ヴァレリウスはその情報が不満だったので、思わずおのれの内心の根強い崇拝のほどを暴露してしまっているとは少しも気づかずに不平そうに云った。

「まあ、パロにくらべればケイロニアなど、綺麗な人が少ないのでしょうからね。ただ奇妙な話をきいたのですが、その、あらたに発見された皇女の連れていた夫というのは、いまはササイドン伯爵に任命されて、一応貴族になってはいるのですが、本当は、もともとはヨウイスの民で、吟遊詩人かなんかだったのだそうです」

「ほほう」

「でしょう。これもまたあやしげな話です。じっさい、これまでケイロニアというのは堅実で、こんなあやしげな話とは無縁できたはずだったので、このところ急になんでそんな妙な話ばかり出てくるのかという、ですね……それについては、ちょっと、キナくさいと思うので、現在の本筋とはあまりかかわりはないんですが、私ももうちょっと魔道師をサイロンに派遣して、情報を集めさせてみようと考えているところです」

「なるほど。それがいいかもしれないね。どちらにしても、その新しい皇女というのは、あまり、われわれの野望とはかかわりはないかもしれないが」

「にしても、知っておいて損はないでしょうしね。それに、それでもしいずれケイロニアにお家騒動がおこるのだとしたら、ついにあの堅実不壊をもってなる北の大国ケイロニアにも弱点が発見される、ということになるのでしょうから。が、いずれにせよ、当面の私たちに興味があるのは、その新しく発見された皇女とやらではなくて、グインが豹頭王に即位した、という事実のほうでしょう。これはスカールさまにも、お知らせの魔道師を出しておこうと思っています」

「そうだね。スカールなら、その祝いをかねて、グインに会いにいってみよう、と考えるかもしれない」

「ああ」

奇妙な表情で、またいくぶん心配そうにナリスを見守りながらヴァレリウスは云った。だがそのとき、カイが入ってきて支度ができたと告げたので、いろいろいいたいことをぐっと飲み込んで、ナリスを寝室にうつして休ませてやる用意を手伝いにかかった。

休ませてやるといったところで、ちゃんと眠らせてやるわけにもゆかない。寝台に身をよこたえて少し楽にさせてやれるだけで、そのまま、次から次へと順番を待っている来客に会って話をしなくてはならないのだ。それでも、ナリスは、まだあの事件以来はじめてベッドから身をおこして、車椅子で移動したり、そのままひとと話をしていたことで、乏しい体力を使いはたしてしまったらしく、ベッドに横になっただけでほっと深い吐息をついて多少はくつろぐようすだった。ヴァレリウスは、そのようすをじっと見守っていた。

「お食事は、召し上がれますか。ナリスさま」

「いまは、ちょっと……いや、大丈夫、最近ちゃんと食べているという話はしただろう？

気持悪くなってもなんでも、食べているよ。でも、いまは、気持悪くなってしまうとまずいから——用件がざっとすんだら必ず食べるから、カラム水だけおくれ」

「また、カラム水ですか。ほとんど中毒ですね——じっさい、カラム水には習慣性はないはずなのですが、あなたを見ていると、何か黒蓮の粉みたいな、麻薬のようなカラム水でもあるのではないかという気がしてくる。……ああ、いや、カイ、さしあげてくれ。カラム水にだって多少の栄養はないわけではないだろうから」

「まず、誰と会うんだったっけ？」

ナリスはぐったりとベッドに横たわり、背中にクッションをかってもらって、辛そうに肩で息をしながら云った。

「一番手近に片付きそうなところで、最初にランとヨナにお会いになってはどうかと考えたのですが——それとも面倒そうなところを先になさってしまいますか？　いろいろお話をしなくてはならぬのは、フェリシア夫人と、あとマール公だと思うのですが」

「そちらを先にしていると体力がつきてしまってどうにもならない、ということになりそうだね。ジェニュアにも、あすまであちらは滞在されるにしたところでできればきょうじゅうにちょっとでいいから話をして、いろいろ確認しておきたい。それにもうひとつ」

「ええ」

「一番深刻に、私がいま話をしたいのは、君なんだ、ヴァレリウス。いや、それはつまり、さっきいっていた魔道師ギルドの代表として、という話だけれどね」

「わかっています。私はいつでもおまちできますが——きょうのところはですね。でも、私もかなりしんどくなってきました。もう、おおやけには、ことにあなたがこういうかたちでクリスタルにお戻りになってからは、私がカリナエにおもて玄関から入ってくるのはほとんど狂気の沙汰というものだと思います。どちらにしてももう、すべては見抜かれているのですから、正式に何か国王からいってくるかどうか、それまで時間との競争のようなものですけれどもね」

「じゃあ、ヨナとランを、ヴァレリウス。でもとりあえずまず、ランだけ呼んでくれるかな」

「別々にお会いになるのですか」

一瞬ヴァレリウスは何かいいたげな顔をした。それから黙って、頼まれたあいてを呼びにいった。

「ナリスさま——！」

すぐに入ってきたカラヴィアのランは、顔をほてらせ、緊張と激情にひきつった顔をしていた。

「ヴァレリウス。カイ。用があったら呼ぶから、はずしてくれないか」

「……………」

カイは黙って——ヴァレリウスは一瞬、とんでもないと反対しそうになったが、ぐっとこらえて、そのまま二人とも出ていった。

「ナリスさま――」

「そなたと、ふたりきりでこうして話すのはひさしぶりだね、ラン」

ナリスは、弱々しく微笑んだ――多少、じっさいに残っている余力よりももっと弱々しいめにしていたのは事実だった。

「は、はい――」

「なんだか、そなたと会うこと自体がずいぶんひさしぶりのような気がするよ。……最近は、どうしているの。フェイ老師の消息はある？」

「最近はもう……かなりお手紙も間遠になりましたし……それに、このところちょっと病を得て、いや、病といってもたいしたことはないのですが、何分御高齢なので、大事をとって寝たり起きたりの毎日のようで――」

アムブラの私塾の父とまで呼ばれた、ランの恩師、オー・タン・フェイ老師は、ヴァレリウスが宰相に就任した当時の激烈なアムブラ弾圧の嵐にひっかかって、クリスタルを追放になり、そののちあちこちを転々と逐われるようにすまいをうつしたあげく、深く老師を慕う若者たちによって、ようやく自由国境の町タルソにおちついて、ひっそりとごくごく小さな塾ともいえぬようなものをひらき、だがいまではむしろ若者たちの教育というよりも、おのれの研究を書きとめることに残り少ない人生をついやしている、という情報が流れてきていた。それを慕ってパロを出ていった学究たちも少なくないときく。

「ねえ、ラン」

「は、はい——ナリスさま」

「お前は——いや、お前たちは、いまでもなお……ヴァレリウスをうらんでいるの」

「は——はいッ？　いえ、その——」

「確かに、アムブラを弾圧し、焼かせたのはヴァレリウス宰相だった。それについて、ヴァレリウス暗殺計画まで出るほどに、お前たちアムブラの学生たちがヴァレリウスを憎みうらんでいたのを私は知っている……あの節は、私も何ひとつしてあげられなくてすまないことだったね」

「とんでもない。ナリスさまはこれほど、次々とふりかかる大難といのちがけでたたかっておられたのですから——われわれ、アムブラのとるにたらぬ学生のことなど……」

「あのころは、楽しかったね？」

ナリスの目が、なつかしそうな輝きを帯びた。

「みんな、どうしているの？　ヌヌスは？　タンゲリヌスは？　レティシアは？　あと、なんといったっけな、あの女学生……」

「ミシアでございましょうか？」

「おお、そうだ、いつもレティシアと二人、男装していた勇ましい女性……みんな、どうしているんだろう？　クムからの留学生もいたね」

「バン・ホーですね。バン・ホーは国に帰りました。いまでは、タイスで学校をやっています」

「おお、そう！　ヌヌスたちは？」

「よく、覚えていてくださって……」

ランはつぶやくようにいった。

「みながきいたらどのように喜びますでしょう。――ヌヌスは……あの弾圧のおりに、騎士団をあいてにもめごとをおこして、その後投獄され、かなり激しい拷問にあいまして……そのときに、かなりからだを悪くいたしました。そのう、指の骨を全部折られてしまいまして、もう、書記になりたいという希望はかなわなくなってしまったのです。その後、ナリスさまのお口添えがあってネルヴァ塔からは出ることができたのですが、すっかり性格がゆがみ、暗くなってしまって――もとから激烈なところのあるやつでしたが、ほとんどひとづきあいということをしなくなって……手当があまりよくなかったので、手のほうもまだ多少不自由なのです。それで……いまはわれわれともあまりつきあいたがりませんが……アムブラのはずれで、小さな屋台をやってなんとか生活しております。カラム水を売っているのですが、われわれには売ってくれません。旧知をみるといそいで逃げてしまいます。……でも志は少しもかわっていないということは私は存じています。こんど声をかけてみようと思います」

「ああ……」

「タンゲリヌスは、すっかり勉学の道をあきらめ、アムブラでかなり大きな布地問屋の婿に入って、いまではいいおやじになっています。すっかり太りまして……髪の毛も投獄されたさいにかなり薄くなってしまいまして。でも、ときたま話はします。子供が二人出来て、まあ無難にやっているようですが、一生をあきんどでおわるつもりなどなかったのにと、酔っ払うとひどくぐちをこぼします。タデウスは――覚えていらっしゃいますか。あの小柄なやつですが、あいつは、やはり投獄され、拷問で胸をわるくして、故郷にかえってしまいました。ミシアは……」

「ミシアは？」

「パロを出て……サイロンへゆきました。もうここには私の夢はない、といって……ビウィスは王立学問所をやめて、ジェニュアへ……ヤヌス十二神の僧侶となる修業に入りました」

「それはそれは……あれだけ、コント兄弟の十二神論のことでもめたというのに？」

「そのことと――コント兄弟のむざんな死でもって、ビウィスはすっかり考えが変ってしまったようです。もともと心弱いところがあったからでしょう。アルフリートとモーリスの悲惨な死に方は、ヤヌス神殿にさからったからだ、という奇態な考えにとりつかれ、そして極端な性格だったものですから、こんどはヤヌスへの信仰一辺倒に生きるといって、いま、ジェニュアのヤヌス神殿で雛僧の修業をしております」

「そうだったのか。ひととは実にさまざまなものだねえ！　ほかには？」

「ヨナは――ヨナはもうどうなったかご存じですが、あれだけが一番安定しております。が、もともとあれはあまり、あの騒ぎにもまきこまれておりませんでしたから……」

「そうだね。相変わらずだね、彼は。落ち着いて、ものしずかで、考え深そうだ」

「何を考えているのかよくわかりませんけれども。――私塾の教師たちも、塾頭たちもずいぶんとアムブラを去って参りました。むろんフェイ老師を筆頭にですが……まだ、なんとかして若者を教えようという情熱を維持しているものは、ごくわずかのようです。ただ、何人かは、もっと情勢がおさまってきたら、クムのタイスを次の、教育の拠点にしたいという夢をもっているものも——あと、一番平和でゆたかで人口が多く、政情が安定しているということで、サイロンに第二のアムブラを求めようと考えるものもあるようです」

「かんじんのひとの名前が出ていない。レティシアはどうしたの？　とても印象的な人だった」

「レティスは——奴はそのう、元気です。ただ——」

「どうしたの？　何か、よくないことでも？」

「いえ、そうではないのですが——その、いま、私と一緒に暮しておりまして……まもなく、その——母親になるというところでして……お恥かしい」

ランは、感じやすい顔を真っ赤にした。ナリスは目を輝かせた。

「なんだ、何が恥かしいの。そうだったのか、レティシアと、きみが——素晴しいじゃないか、子供が生まれるの？　そうか……子供が……君がお父さんになるんだね、ラン……」

「まだ、自分ひとりの身の始末もつけられぬ未熟者ですのに、まったくもってお恥かしいしだいです」

ランはつぶやくようにいった。ナリスは目を細めた。

「もし君たちさえ許してくれるのなら、ぜひとも、君たちの子供が生まれたら見せにきてほしいものだな。できれば私に名前をつけさせてやってくれれば——私にはもう、決して自分の子供をこの手に抱くことはできないだろうからね……せめて、誰かの子供の名付け親にでもなれれば……」

「何をおっしゃるんです」

うたれたようにランは叫んだ。そしてみるみるその目に涙をあふれさせた。

「そんな、そんなおそれおおいことを——こんな、あのようにお偉い雲の上のかたがたばかりの場所に、私のようないやしい身分のものをお招き下さったことだけでも……おそれおおいと思っておりますのに——私の子供に、そんな、そんな……レティシアがきいたら腰をぬかしてしまいます……」

「あのころは……なんて楽しかったのだろうね……」

つぶやくようにナリスはいった。

「なんだか、あのころが——私にとっては、いつもなんだか宮廷でぎちぎちの礼儀作法に縛られ、やりたいことも思うようにできず、云いたいことも言えずに過ごしてきた私にとっては、本当に遅れてきた青春という気持がしたものだよ。アムブラにお忍びで出かけてゆくとき、どんなに私が胸をときめかしていたことか。君たちと一緒に食べた、屋台のそばだの、レティシアの作ってくれた御馳走——一生にあれほどおいしいと思ってものを食べたことは二度とないよ。もうあのアムブラが存在しない……あの活気も、あの学生たちのにぎわいも、怒鳴り合いのようなすさまじい議論の熱もアムブラにいっても探すことはできないのだと思うと……胸のあたりがおかしくなってくるよ……」

「ナ、ナ──ナリスさま……」

ランは、たまりかねたように、ナリスの寝台のかたわらにくずおれた。そして、床につっぱった両手にポタポタと涙をおとした。

「ナリスさま──ナリスさま、私は……ナリスさまがこんなおからだになられたことを……考えただけで、自分のからだを切りさいなんでしまいたいほど苦しくて……」

「ヴァレリウスを、憎まないでやってくれないか」

ナリスはつぶやくように云った。ランははっとしたように動きをとめた。

「ヴァレリウスは……彼なりに信念をもってやったことだったのだからね。……だが、そのあとで、ヴァレリウスもまた、あのときにはしかたなかったにせよ──やりすぎだったかもしれないとは認めた、のだと思う……こんどのことで、ヴァレリウスがきわめて献身的に私に尽くしてくれているのは、その──罪のつぐないの意味があるのだよ。だから、ラン……いまからアムブラを動かすにあたっては、もう……ヴァレリウスの存在が非常に問題になるかもしれないけれど、それについてはぜひとも、ラン、君からアムブラの残党たちを説得して──いまでは、宰相ヴァレリウスはかけがえのない学問の殿堂を焼きつくしたおのれの所業をこの上もなく恥じ、反省して……これからさきの一生をすべて、国王派としておのれのなした罪のむくいをすることにかけたいと……そう私にいったのだ。彼は、アムブラにした仕打ちを深く悔いているし……リギアとも、先日マルガで会って、そしてあれ以来ひさかたぶりにようやく仲直りしたのだよ。仲直りというとおかしいけれど」

「……」

ランはくちびるをかんだ。だが、根がカラヴィアの生まれの単純な性格である。やがて、彼はくちびるをふるわせながらうなづいた。

「わかりました。とうてい、宰相ヴァレリウスの非道なアムブラ弾圧と、それによってあるいはからだを壊し、あるいは一生をだいなしにされ――何人かはいのちまでもおとしていった若き仲間たちのことを考えれば、ヴァレリウスこそともに天をいただくべからざる仇敵です。しかしそれにもまして、私たちには……ナリスさまのおことばのほうが重く、そして大切です。ナリスさまは私たちにとっては、アムブラの守護神でいらした。――そして、あの恐しい拷問をうけられたのも、マギウスたちが『パロ聖王、アルド・ナリスばんざい』という叫びをあげたからこそです。それを思えば、私たちもまた、ナリスさまに対して、ことばにつくすことのできぬ負い目をおうております。――アムブラの残党は私とレティシアが責任をもってとりまとめます、ナリスさま。そして、ヴァレリウス宰相のことも私が説得します。そして、こんどこそ――こんどこそ、何ひとつつくもりない心で、天下晴れて、ただの真実として――『パロ聖王、アルド・ナリス陛下万歳』の声をクリスタルじゅうにこだまさせてみせます」

「おお――有難う、ラン。なんといっていいかわからないよ……」

「とんでもない。……私はナリスさまのおんためなら、いつなりと、いのちなど……」

ランはまた熱い涙をふきこぼれさせた。

「あの、あの——黒竜戦役の折に、追い詰められ、殺され続けていた私たちの前に……輝く銀色のおすがたで、白馬に乗って——聖騎士団をひきいて駆け入ってこられたあの神々しいおすがた——あのおすがたを見たその刹那から私は……私のいのちはもう、ずっとあなたさまのものでした。アル・ジェニウス——」

「有難う、ラン——それに、有難う。ヴァレリウスを許してくれて……」

「いま、あの人がどれほどナリスさまに忠誠を誓っているかは、あの人のナリスさまを見る目をみればわかります」

ランは苦しそうに云った。

「あるいは、ヌヌスはたとえナリスさまのお口添えがあってもなお、ヴァレリウス宰相を許せない、許すことのできないさいごの人間だと思うかもしれません。——でも、おまかせ下さい。私が説得してみせます。……それに、もう、コント兄弟も亡くなって久しい。ただひとり残ったバーシアももう、アラインの親戚の家で平和に暮しているそうです。もう、あのころのうらみつらみは忘れなくては——そしてナリスさまのお役にたつために力をあわせなくては。いまこそ、クリスタルをあの黒竜戦役のおりに私たちの手に取り戻して下さったご恩にむくいるときなのですから……」

「そうだね、ラン」

ナリスは優しくいった。

「そうだとも。――いや、それは私の恩がどうのという話ではなくてね。お前たちはいつでも私の知るかぎり最大の愛国者たちだった、あのアムブラの若者たちはね。そして、いまこそ、パロは、お前たちの愛するパロは最大の危機を迎えているのだ。それにさいして、私はこのからだをふりしぼって、なんとかパロを守ろうとまた立ち上がろうとしている。どうか、私に力をかしてくれるね、ラン――私には、たくさんの力が必要だ。ヌヌスもこんどいっぺんここに連れてきてくれるがいい。こっそりと会えるように話を通しておくよ。会えるものならぜひひともレティシアにも――いつ、子供が生まれる予定なの」

「それが、あと三カ月なんですが、いたって奴は元気でして、毎日飛回っております」

ランが、涙のあとの残る目をおしぬぐい、かさねて誓いを口にして、退出していってから、いれかわるようにして、音もなくあらわれてきたのは、ヴァレリウスであった。

「ヴァレリウス！――また、そんなあらわれかたをする。何度いったらわかるの……驚かせたら私のかよわい心臓はショックで止ってしまうよ」

「やっぱり、ときたま、あなたを殺したくなりますよ」

ヴァレリウスは、ベッドの上のナリスをのぞきこむようにしながら、低い、おしころした声で云った。

「どうしてあのとき殺してしまわなかったのだろう、いっそ先日の毒をゾルーガの毒にいれかえておけば――またしても、そう思わされる。あなたは……やっぱりあなたは毒蛇だ。でももう何も申しません。いまさらそんなことを、くりごとをいったところで――私はもう決して、あなたからはなれることも、あなたに手をかけることもできないのだから。……でも、ときたま、殺したいほどあなたが憎い――というより、あなたの呪縛から逃れるためには、殺すか、それともいっそあなたを――と思い詰めていた、あのころの狂おしさがまざまざとよみがえってくるのを感じます。何もおっしゃらないほうがいいですよ、ナリスさま。何かおっしゃると、殺してしまいたくなりますからね」

第三話　茶の月、ルアーの日

「おお、怖い。怖い目だね、ヴァレリウス」

ナリスはちょっと首をすくめた。妙に悪戯っ子めいたしぐさだった。ヴァレリウスはそのナリスをにらみつけた。

「ぬけぬけと……」

「しょうがないじゃないの。ああいわなくては、納得してくれないだろう？　かれらは」

「わかっていますとも。それに、あなたがアムブラをどうなさるおつもりかとはずっと気になっていたんです。この、手兵の少ない折柄、市民の義勇軍をつのることを当然あなたはお考えになっているはずだと。それにまあ……ああなさるのだってあなたなら当然でしょう。でも、そのまえに私にひとことくらい……」

「全部、きいていたんだな、例によって」

「聞かれて困るようなことをおっしゃるつもりだったから、私とカイを下がらせたんですか」

「そんなことはないよ。ねえ、そんな怖い顔をしないで、ヴァレリウス。私がまた策略をめぐらしたといって怒っているのならあやまるから」

「そんな、口先だけ可愛らしそうなことをおっしゃっても、無駄です。私は、あなたが嘘をついているか、本当に本心から素直な気持でおられるのか、それとも口先だけでひとを操ろうとされているのか、なぜか不思議なほどに手にとるようにわかるんですよ」

ヴァレリウスは重い溜息をついた。

「なんでこんなにあなたのお気持が手にとるように見えるようになってしまったのか、私にもわかりませんが――とにかく私をまるめこもうとなさっても一切無駄だということです。私はあなたのそのうわついた手練手管になど、一切騙されませんからね」

「手練手管」

「そうでないとでもおっしゃるのですか。それにひとつだけ御忠告しておきますけれどもね」

「何、ヴァレリウス」

「ヌヌスのことです。あの男は、お近づけにならぬほうが賢明だと思います。私は……アムブラの弾圧のさいにあの学生を投獄して、拷問に立合ったので……ああいうタイプの男は知っています。ある意味で、死んだマギウスよりもたちの悪い狂信者です。信条から暗殺者になるのはああいう男です。それに、あの男は、あなたを熱愛している――多少、度がすぎています。あなたのために、という気持が暴走してどんなことでもやりかねないやつです。もう、そばにお近づけにならぬほうが無難です」

「嫉妬しているの、ヴァレリウス」

「またそういうことをおっしゃる。いいかげんに、だから、そんな手練手管は私には通じないということを覚えて下さったらよさそうなものですが。とにかく、ヌヌスをからかってはいけませんよ。というと、からかっているつもりなどないよ、とおっしゃるのでしょうが——あだやおろそかで、ああいう狂信的な人間をおそばに近づけると、逆に御自分の首をしめることになりますよ、あなたのようなかたは。ああいう男は、神様にいわれたようにあなたのことばを守るだけではない、逆に、あなたの云っておらぬことまでも、拡大解釈してやってしまいかねないから、危険なのですからね」

「肝に銘じておくよ、ヴァレリウス。いつもながらお前のひとを見る目は一番確かだものね」

「いやみなことをおっしゃる」

むっとして、ヴァレリウスはいった。

「百分の一ソルでさえ、そう思っておいでなら、どうしてイシュトヴァーンについての私のことばをまったくきいて下さらないんです。ああだが、むしかえすのはよしますよ。時間がないんですから。次は誰を呼ぶのでしたっけ」

「ヴァラキアのヨナを。古代機械についていろいろと頼んでおきたいことがあるのだけれど、さがっていろ、というとまたいろいろ邪推するから、ここにいてくれてもかまわないよ、ヴァレリウス」

「あまり調子に乗っておられると、あとでひどい目にあいますよ、ナリスさま」

「調子にのってなんかいないよ。さあ、ヨナを呼んでくれ。このあと、なんとかバラン司教とそれにマール公とフェリシアに会う時間を作らなくてはならないのだから」

ヴァレリウスは黙って壁のなかに消えてしまった。だが、ヨナをつれてあらわれるときには、ちゃんとお行儀よく、壁ではなくて扉から入ってきたのはむろんであった。

ヨナとは、ナリスは、マルガへ見舞にきたかれと数回会っていたので、それほど大仰な挨拶はしなかった。

「研究のほうはすすんでいるの、ヨナ」

「相変わらずというところです、ナリスさま」

ヨナはきわめて口数が少ない。というよりも、余分なことをほとんどいわぬ性格なのだ。

ナリスが話し掛けぬかぎり、ヨナのほうからは口をひらかない。ナリスは微笑した。

「急なことで、驚いた？」

「いえ……前から、予測はいたしておりました」

「そう。――いくつか、頼みがあるのだけれどね」

「はい、ナリスさま」

「まず、古代機械のことなのだけれども、これまでにランとお前とヨランデルスとでまとめた研究の成果があるね。あれをただちに、私からの命令がありしだいすべて焼き捨て、抹殺できるようまとめておいてほしいのだ」

「はい、ナリスさま。もう、そのようにはからってございます」

「むろん、うつしなどが決して人手にわたる危険がないように」

「はい、大丈夫です。ナリスさま」

「有難う。それから、もうひとつ、古代機械を――もしも、このこころみがうまくゆかず、私が――」

「ナリスさま」

つよい声で制止したのはヴァレリウスだった。だが、ナリスはあえて続けた。

「もし私がこのこころみの志なかばでたおれることがあれば――あの古代機械を国王派の手にも目にも一切ふれさせたくないんだ。万一にも、あれが国王の手に入ることのないよう…

…破壊したい」

「………」

そのことばをきいて、ヨナはゆっくりと痩せた顔をあげた。だが、何もいわなかった。ヨナの澄んだ目と、ナリスのあやしい黒い瞳が正面からぶつかりあった。

「ただ、あの塔はね――これまた、おそらく古代機械を作ったものが用意したのだろうが、塔はというか、機械のおさめてあるあの室全体が、非常につよいバリヤーに守られていてね。しかるべき手続きをふまずに入ろうとすると、侵入者を撃退してしまう、そのことはもう知っているだろう。だから、あの機械をとりこわすのはあだやおろそかではできない。塔全体をうちこわして塔の下に埋めてしまうか——だがそれでも国王がその気になれば当然、掘出してしまおうとするだろう、あるいは焼きはらうか……私がとんでもない冒瀆的なことをいっていると思う？」

「そうは思いません。ナリスさまの御用心は、当然のことと存じます。私も、ナリスさまから、何回もお話をうかがっておりますから」

「そう、私は、あの機械をキタイの手に入れさせたくない」

ナリスはゆっくりと云った。明らかに、ナリスは、このような話をしているときのほうが、はるかに元気が出るようで、目の輝きも生き生きとしていたし、顔も、よみがえるように元気になっていた。ヴァレリウスはそれを暗い目でじっと見守っていた。

「たとえ、この世界の至宝をなんという暴虐な、おろかな、といわれようとも——所詮、私たちには扱いきれぬ宝ならば宝のもちぐされ、このままいっそ闇に葬ってしまったほうがいい。——その、始末をヨナ、お前に頼めるだろうか」

「かしこまりました」

あっさりとヨナはいった。

「頼んでいいかい、ヨナ」

「はい。わたくしも、ナリスさまのおひきたてをうけ、あの古代機械にふれさせていただき、研究させていただくという学問の徒としてこの上もない栄誉と喜びを味あわせていただきました。ナリスさまのおおせの意味もよくわかっております。いのちにかえて、あの古代機械の秘密は守ることを誓います」

「有難う」

ナリスはいった。ランと話していたときのうわべの熱狂とはまったく別に、ヨナを見つめたナリスの目のなかには、光るものがあった。

「なるべくならば、あの秘密をすべて解明するまで——そんなことができるものならばね——古代機械を壊すなどということが……私にとってはいのちよりも大切なもののひとつだ。できるわけもない、したいはずもない——だがいまとなっては、キタイやその手の者に入手されてしまえばこの世界がほろびに瀕するかもしれぬ、というおそれのほうが私のなかには大きい。——あれについては、すべてをお前の判断にまかせるよ、ヨナ。それから、もうひとつ」

「はい」

「お前は、温厚な学問の徒だし、たたかいをこのまぬミロク教徒だ。だからお前をこのたたかいにまきこむつもりはない。だが、きょうお前を呼んだのはこの古代機械のことを頼みたかったのと——それから、もうひとつ、お前に後事を託したいことがあって」

「はい」

「先日、マルガで私はあるさらに重大な秘密を得た。……それは草原の黒太子スカールからの秘密だったのだけれども、それについて、私はお前の意見をきき——そしてできるものなら、それについてもお前に託したい。かまわぬだろうか」

「それは、なんでも御信頼のとおりにいたしますが、しかし」

ヨナの聡明なしずかな目が、ナリスの目をじっと見つめた。

「わたくしは、まったくの一介の学究の上に、おおせのとおり戦いを拒むミロクの徒でもあります。魔道師でもなければ、剣のとりかたも存じません。なんらかの秘密を守ったり、それをどなたかに、敵の邪魔や妨害をこえてお伝えする、というようなことですと、自信がございません。秘密を守るために一命を投出することならばできもいたしますが」

「いいんだ」

ナリスはかすかにほほえんだ。あやしい、思わずヴァレリウスがぞっとしたようなほほえみだった。

「これについては、あとで——いまでなくていい。もうちょっとしてから、お前と二人で話したい。いまはまだ、完成していないんだ——思いどおりにはね。それが完成したらお前を呼ぶから、そのとき話をきいてくれればいい。ただ、私の頼みをきくと約束してくれないか。決して、危険はない……と思うよ」

「危険があったところでかまいませんが、ただ、ご希望にそえないのだけが気がかりです」

ヨナはしずかに答えた。そして、ナリスにかさねて古代機械の秘密を守るために尽力することを約束すると、そのまま、影のように出ていった。

「おかしなことですね」

それを見送って、ヴァレリウスは思わずもらした。

「あなたは、あの青年とはずいぶんうまがあっておられるのですね。——あの陰気くさい学者先生とおいでのときのほうが、ずっと楽しそうで——それに、素直で……私の好きな、私がめったに見られない本当のナリスさまでおられるように思いますよ。あなたは……もしかすると、本当はあの青年のような生き方がなさりたかったのかもしれませんね……」

「たぶんね」

興味もなさそうにナリスは答えた。ヴァレリウスはその冷やかな顔をじっと見守っていた。

「それにあの青年を本当に信頼しておられるのですね。——さっき馬鹿なことをおっしゃいましたが、私が嫉妬するとしたら、それこそあの青年のほうですよ。あの青年には、あなたは一切手練手管どころか、嘘ひとつおつきにならない」

「彼には、嘘などつく必要などないからね。あんなに聡明で、知的で、まず他の人間のなかには見出すことのできぬ、最高度の知性をもっているのだから」

ナリスはちょっと意地悪そうにいった。いくぶんは、さいぜん非難されたことへの仕返しめいたいいかただった。

「知性がある、というのはね、ヴァレリウス、私にとっては、無用に騒ぎ立てない、ということだよ。むろんそれだけでありなどしないけれどもね。彼は頼んだことはすべて理解しているし、なんらかの方法で果たしてくれるだろう。それに、彼はおそらくこの騒動を切り抜けて生き残る、唯一の人間なのではないかと私は希望しているんだ。彼がそうなってくれれば……私の研究をすべてわたして、まとめてできたら本にしてくれるよう、頼んでおこうと思うよ。どれもこれも未完成になっている——私の重大な欠点は、とにかく最初に目のつけどころがあまりに巨大すぎることでね。だから私はしょせん、学者になってもろくな学者にはなれそうもなかったんだ。そう思わない？　私は学者になりたかったけれども、本当の学者になるためには、何かが致命的に欠落していたよ。こつこつとおのれの穴を掘る性分というかね——それとも、自分の分け前だけで満足するだけの分別と云うか。私は何もかも理解したかったし、何もかも知りたかったし、何もかも欲しかったのだから……」

「何もかも手にいれられる人間など、ありえませんし、あったらかえって不幸だと私は思いますけれどもね」

「お前はそう考える人間だからね、ヴァレリウス。つつましく、おのれの分を知り——私には想像もつかなかったな。世界生成の秘密を知るよりも重大な事柄がこの世にある、と考えるものが魔道師のなかにいようとは」

「私にとっては、いつだって、世界生成の秘儀などより、おのれの心の平安や、信条を守るよろこびのほうが大切だったのですよ」

　ヴァレリウスはつと手をのばして、話をうちきろうとするかのように、ナリスの布団をなおしてやり、カラム水をさしだした。

「さあ、あまり無駄話をしているとお疲れになりますよ。このあとまだ、いくつも会見をしていただかなくてはならないのですから。フェリシア夫人とマール老公はどちらを先におよびいたしますか？」

「話の早くおわりそうなのはフェリシア夫人だが、先にお帰ししないといけないのは老公だね。老公にしよう」

「かしこまりました」

ヴァレリウスが出てゆくのと入れ違いにカイが入ってきた。

「お疲れになりませんですか？　それに、何か、お望みのものは？」

「大丈夫」

ナリスはうっすらと笑った。

「お前たちはみんなして私を甘やかして駄目にしてしまうよ。リンダはどうしている？」

「アドリアン子爵と別室で話し込んでいられます。子爵はお夕食をなさってゆかれるようです」

「なるほど」

ナリスは疲れたようにいった。

「陰謀家の夫婦というわけだね。さあ、次の陰謀をはじめなくてはならない。じっさいおかしなことだな。私はこのごろになって、よくまあこんな面倒くさいことを人々はやる気になるものだなと考えはじめるようになったよ」

というようなわけで——

その一日はナリスにとってはかなり過大な負担のかかる、いれかわりたちかわりにさまざまな人々と、それぞれにこまごまと打合せたり、あるいは、もう説得する必要はなかったにせよ、あらたに決意をかためさせるよう話を運んだりする面倒な会見続きのうちにすぎた。

さいごの客が帰っていったのがもう夕刻をとうにすぎたころであった。といってもそれはナリスが会うことにしていた客たちのほうで、バラン司教は別棟で明日の会談のために泊っていたし、ルナンがその相手をするために食事に残っていた。そして、アドリアン子爵もリンダ大公妃と夕食をともにしてから、おのれの私邸にひきとることになっていたので、まだ昼間集まった客がすっかりいなくなったわけではなかった。

「かなり、お疲れになったでしょう」

ヴァレリウスは、フェリシア夫人をナリスにかわって送り出してから、急いで戻ってきた。ナリスはベッドの上で、背中にかっていたクッションをひとつ、カイに減らしてもらい、カイに手足をそっとさすってもらっているところだった。顔色がひどく青かった。

「そうだね、さすがにこたえたよ。やはりこういうことは元気な人間のすることなんだな。いったいきょうは何人の人間に会って適当なことを云い散らしたんだ？　まるで、百人か千人くらいの人間に会ったような気がする。使いふるしの雑巾になったような気がするよ」

「お顔の色がひどく悪いですよ。まだ、一応私とお話をなさることになっていますが、それは明日にしたほうがよろしいのでは？」

「いや、そうはゆかない。これこそ肝心かなめの眼目なのだからね。フェリシアはとりあえず、ただちにサラミスへ下って、次にはボースともどもサラミス公騎士団をひきいてクリスタルへのぼってくることになるだろう。マール老公は、マール公騎士団全員を提供することについてはかなりしぶっておいでだったが、それなりの人数は割こう、ということは確約して下さった。ただ、御本人がまきこまれるのではとかなり心配していたけれどもね。私にいわせれば、もうこのきょうの密談にやってきたというだけで、決定的にまきこまれているのだが」

「それは、御老体としては無理もないことですよ。しかしマール公騎士団はあてにしていなかったので、少数でもそれなりに助かります」

「結局、リーナスは言を左右にして、というか、態度をあいまいにしてさいごまでおしとおすつもりだと私はふんだね」

ナリスはうす笑いをうかべた。その声はかなり冷笑的だった。

「最初から、そういうことになるのだろうとふんではいたが、案の定だったな。彼に関しては、君の説得が必要になってくるかもしれないね——なんといっても、君の大切な人だからね」

「また……」

ヴァレリウスは瞬間、かっとなるのを、懸命におさえた。カイの目を気にしていなければ、またしても血相がかわっていたかもしれぬ。

「また、そういうことをおっしゃる」

だが、カイが黙ってせっせとナリスの手足をさすってやっていたので、ヴァレリウスはその頭の上で、すごい目つきでナリスをにらむだけで我慢せねばならなかった。彼は精一杯おだやかをよそおった声を出した。

「リーナスさまはいまとなっては、私の説得など一番きかれないと思いますよ。いまだに、私があなたをたぶらかして、取り入って宰相の地位を、リーナスさまの頭ごしにぬすみとったのだというお気持は、全部は消えておられぬようすですから」

「すっかり、もう自分が次の宰相だと信じ切っていたからね、彼は。いいとも、ではこんどのことに成功したら彼が宰相だと囁いてやることにしよう。君のほうは宰相の地位に未練はないんだろう？」

「そんなものはかけらもないとずっと申上げているではありませんか」

ヴァレリウスはカイの存在も忘れてついけわしい声になった。

「というより、これはただ単にあなたが無理矢理に私におしつけられたものだと。――きょうは、やはり、お疲れなのですか。このごろになくひどく……」

「ひどく、なに？」

「底意地の悪いことばかりおっしゃる」

「もう、いいよ、カイ。それでは、ちょっとさがっていて。それから、バラン司教はここちよくお部屋に落ち着いておいでなのかな？　明朝、食事を御一緒がてらお話したいとナリスがいっていたとお伝えしておいてね」

「かしこまりました。ナリスさま」

「カイはいい子だな」

ナリスはなおも意地悪そうに、下がってゆくカイにほほえみかけてみせ、扉がしまるかしまらぬうちにきこえよがしにいった。

「私が何をいおうと、意地悪だの、ひどいだの、暴虐だのと非難をあびせかけたりしない。カイのほうが、お前の百倍私を思ってくれているのじゃないかという気がするよ」

「……………」

ヴァレリウスはもう、何もいいかえすかわりに、ナリスの寝台のかたわらに低い椅子をひきよせて座り、カイのしていたように、布団をはねのけてナリスの残ったほうの足をそっと優しくさすりはじめた。ナリスはそのようすをからかうように見た。

「まだ、怒っているの、ヴァレリウス？」

「私は怒ってなんかいやしませんよ。たぶん、あなたはひどくお疲れで、とても気が立っておられるんでしょう。ここのところずっと療養生活を送っていらしたから、こんなに大勢の人間にいちどきにお会いになったのは久々ですからね」

ヴァレリウスは優しい声でいった。

「それに、もう、私はあなたが何をおっしゃっても——さきほどはアムブラのことであなたにうかうかと乗せられそうになりましたが、もう、私はあなたに騙されたりしないのだったと思い直したんですよ。あなたは私が聞いているのを承知の上で、私をかっとさせるためだけにあんなことだっておっしゃりかねない駄々っ子の悪魔ですからね」

「なんだ、急にこんどは風向きが変ったな」

「そんな目つきをなさっても駄目ですよ。それにきょうは本当にお疲れになったでしょう。それぞれに違うようにお話になって、とりあえずは全員にちゃんとおのれのこの反乱における役割を飲み込ませて。リーナスさまのことも、お望みならまたこちらになんとかしてこさせるようにして、その宰相の地位を餌にしてあらためてもうひと押し、ふた押ししてみましょう。あのかたはまあ、もともとべつだん地位に恋々となさるというタイプではないですから、宰相の地位のことですっかり気分を害してしまったのも、宰相になれなかったからというよりは、信頼していた部下の私にだまされた、してやられたという悔しさのほうが大きかったのだと思いますがね」

「そうかね。私にはそんな好人物だとも思えないけれどね。それともそれだけ、リーナスにとって、ヴァレリウスというものが、大きな意味がある存在だった、ということ？」

「さあ、もう、二人だけになったんですから、そんなふうに、苛々して手当たりしだいに噛みつく子犬みたいに突っかかってこられることはありませんよ」

ヴァレリウスはなだめるように云った。

「リーナスさまにとっては私は確かに幼な馴染みですけれども、お父上が拾ってきた妙な魔道師、それだけのことですからね。それはたしかに、ずっと一緒に暮していたという親しみもあれば、情愛もありましたけれども、それももう、私が魔道師の塔に入ってからはずっと別になっていましたし。子供のころの情愛の名残がいつまでもあったにせよ、それはもう、あの宰相問題ですっかり消えてしまいましたからね。いまはもう、私はあなただけのものですとも。――誰にも、二度と何ひとつ誓ったり、捧げたりすることはありませんよ」

2

「それにしても——」

ヴァレリウスはおのれ自身の口にしたことばに照れたように話題をかえた。

「いまのところ全員をあわせてもっとも希望的観測をしても、まだ手兵が総勢でせいぜい、もっとも大勢義勇軍がつのられて、アムブラの市民たちも加えて、それでまだ三万になるならずというところですね。——あなたがもとのおからだなら、もっと大勢集まったでしょうけれども……このあなたでは、先頭にたつ勇姿でほかの騎士団のものたちをひきつけ、投降させるということもできないし、私はやはり大公妃さまがそのお役目をなさるのには賛成できません。せめて五万まで増やしたいところですね……いや、とにかく、アドリアンさまのカラヴィア公の説得が成功しさえしたらもう、こちらのものですが」

「ベックはどうしたのだったっけ？」

「ベック公は、実は昨日、現在までのすべての任務をとかれ、大至急サイロンへ出発されました。ケイロニア王グインの即位祝賀の大使としてです。お帰りはおそらく、来月になるでしょう」

「だと、ぎりぎりで間に合うかどうか、というところだね」

「そうです。前にちょっと申し上げたように、ベックが公がこちらについてくれれば私たちの勝率はぐんと大きくあがります。カラヴィア公とベック公をこちらにおさえられるかどうかがこれからのすべての分かれ道ですが、それもでも、極力早いうちに話をたたみこまないと駄目ですね。といって、もうひとつ考えていたのは、だったらいっそ、ベック公がおいでにならないいまのうちにことをおこすかということですが、しかしサイロンからなら、大至急戻ってくれれば、軍をひきいてでも七日みれば……結局はアドリアン子爵の説得が成功するかしないかが勝利のわかれめになるのは前とかわらないということですか」

「そのことなのだけれどね、ヴァレリウス」

ナリスは考えこみながらいった。

「ちょっと、おまえに頼みたいことがあるのだけれどね」

「何です」

「きっとおまえはことわると思うのだけれど、ぜひとも、頼まれてほしいんだ」

「おっしゃってみなければわかりませんよ。何のことです」

「ベックもいまそちらにむかっているということならいっそう都合がいい」

ナリスは布団に埋もれたまま、ヴァレリウスを見上げた。

「サイロンにいってきてくれないか、ヴァレリウス」

「駄目です」

ふたこととは云わせぬ、とはこのことであった。にべもなく、ヴァレリウスは云った。考えるさえおろかしい、という口調だった。

「そういうだろうと思っていたけれど。ねえ、グインに会ってきてくれないだろうか。ケイロニア王グインに」

「いけませんよ、ナリスさま。私はあなたのおそばをかたときたりともはなれるつもりはありません」

「だが、これは私は……さっきのお前のもたらしてくれた情報をきいて以来ずっと真剣に考えていて――」

「いやです」

「お前以外、グインを知っているものはいないじゃないの。リーナスのほかはだね。でもリーナスではたぶん、グイン王のほうに印象がつよく残っていそうもないし、グインを動かすこともたぶんできない」

「駄目ですよ。それに、もうこのお話は、なさっても無駄です。私をあなたからひきはなすことは、たとえあなたにだってできやしませんよ。やっと、マルガからクリスタルにお戻しすることができて、いざとなれば《閉じた空間》ですぐにあなたのところにこうして移動できるようになって、私がどれほどほっとしているか――」

「でも、いい考えだと思わない、ヴァレリウス」

「それは、思いますし、私も考えたことは認めます」

ヴァレリウスは正直にいった。

「それどころか、この知らせをきいたとたん、何回となくそのことは考えてみましたよ——誰を使者にたてたらいいのだろうとまでですね。……はっきりいって、現在の中原諸国の状況のすべては、ケイロニア帝国がいかに動くか、にかかっているといってもいいくらいです。——だからこそ、どこの国もことをかまえるとき、まずはケイロニアがどう考えるだろう、ケイロニアがどのように動くだろう、あるいは動かぬだろう、ということを最大の要因として考慮してからことをおこす。……クムもそうですし、ユラニアもそうだし、またむろん今回のゴーラのこともそうです。ケイロニア、北の獅子がもしひとたび立って牙をむけば、中原のどの国もそのまえにふっとぶことは確実です。まして新興どころかまだ、国家としてのかたちさえなしていないゴーラであってみればなおさらのことです」

「だからこそ、グイン王が動きさえすれば、私の計画は既にして成功したも同じことだよ」

「それは私もそう思います。イシュトヴァーンなどでなく、なぜ最初から、グイン王をうしろだてになさろうという計画をおたてにならなかったんです」

「そのときにはグインは王でもなんでもなかったもの。それにアキレウス大帝は他国の内政不干渉主義をもっとも厳格につらぬいていることで知られている。アキレウスは決して動かないだろう。だがグインは——グインもむろんアキレウスの方針は尊重するだろうが、彼には彼の考えがあるかもしれない。それに私には……彼に対しては、彼を動かす自信がある……いや、先日できたといってもいいいな」

「それは、スカールさまの件でですね」

ヴァレリウスは云った。

「あの、グル・ヌーのお話が、グイン王を動かすだろうとお考えなのですね」

「そう、もともと彼はおのれの素性と、その豹頭の秘密を非常に知りたがっているという間諜の情報があった。それを餌に——というとまたお前に怒られてしまうね。そうやってひとの心をもてあそび、おのれのいうなりにさせようとするのが私の一番悪い癖だといって。じゃあ、彼がおのれの素性と秘密とをときあかすことが私たちにとっても、この世界のさいごの秘密をつきとめるための最大の手がかりになる。彼と私、それにスカールとの利害は完全に一致している……この点では、ケイロニア王としてというより、豹頭の謎の人物グインとして、彼は私たちと行動をともにしたい気持は充分に持つ可能性があると思うのだが」

「それは、おおいにあるのではないかと思いますよ。私も彼がおのれの素性を非常に気にしており、最初に黒竜将軍の厚遇をうけるにいたる前には、おのれの祖国が発見され、万一にもそれがケイロニアに敵対していた場合をはばかって、なかなかアキレウス帝に忠誠を誓うことをためらっていたという話もきいています」

「だから、ね、ヴァレリウス、いまこそ、彼にあの——スカールのノスフェラスの話と、そして私の——私の推測の話をすることによって、彼を動かせるだろうと思うんだ」

ナリスはせきこんでいった。そして熱心のあまり身をおこそうとむなしい努力をはじめた。あわててヴァレリウスはそれをおさえつけた。

「ナリスさま、御無理をなさるとまたお熱が出ますよ。——駄目です、起き上がるのはきょうはもうあきらめて」

「サイロンにいってきてくれ、ヴァレリウス」

ナリスは、かれをしずめようとベッドの上におおいかぶさったヴァレリウスをちかぢかと見上げてささやいた。

「私の代理として、ケイロニア王グインに会い、そして、中原の平和とカナンの末裔の真相を賭けて、我々と志をともにしてくれと口説いてきてくれ。それにグインはシルヴィア皇女をキタイから助けてきて、その功績によってケイロニア王の座についたんだ。キタイを現地でその目で見て、キタイ王についても、その野望についてもじっさいに知っている、中原ではもしかしたら唯一の人間だ。その情報にふれるだけでもはかり知れぬほどのねうちがある。もし私に可能ならいますぐ私はサイロンへとんでゆきたい。ケイロニア王即位の祝賀使節でもなんでもいいから、とにかくどんな口実でもいいからサイロンにいってグインに会って、話をしたい……それだけでも私はもう死んでもいいくらいだ……」

ナリスは激しくせきこんだ。ヴァレリウスはあわてて、そっとナリスをかかえおこし、その痩せ衰えた背中をさすってやった。カラム水を含ませてやり、何回もそっと背中を叩いてやる。

「グインのこととなると、本当に、子供そのままに夢中におなりになる」

悲しそうにヴァレリウスはつぶやいた。

「あなたがグインの話をされるたびに、私はわっと泣き出してしまいそうになるんですよ」

「お願いだよ、ヴァレリウス」

ナリスは熱っぽく目をうるませて、ヴァレリウスの腕のなかで彼を見上げた。

「私のかわりに——せめて、私が直接会えぬのなら、彼を……王になったばかりでは連れてくることも無理だろう。せめて、彼と話して——彼に、中原にせまる危機の話を……そうだ、どうしてこのことに気づかなかったんだろうと、私はマール老公に愚にもつかぬくりごとをきかされたり、それをまた丁重になだめてやったりしながら、ずっと考え続けていたよ。でもそのこたえは簡単だ。それは彼が中原にいなかったからなんだ。……私は、彼と手を組みたいんだ、ヴァレリウス。彼を説得してくれ。彼と会うのが無理なら、せめて彼と会ってきて、彼の息吹を私に伝えてくれないか。お前はあのアキレウス大帝三十周年式典のときに彼と会って——意気投合したんだろう。お前のことならきっと彼は覚えてる。お前はひとに忘れられるような人間じゃないもの。それに、お前は彼の信頼を得たといっていただろう……」

「とても、そこまではゆきませんでしたよ。あの豹は、なかなかそんなに簡単に底を割るような玉ではないと思います」

「それでも、いまのお前なら、必ず彼を動かすだけの力があると思うよ。だって、お前にはそれだけの力があるもの。……頼むよ、ヴァレリウス。イシュトヴァーンのことではさんざんお前に嫌味をいわれたけれど、こんどのこの考えは決してわるいものではないだろう?」

「どころか、確かにこれまで持たれたさまざまなとんでもないのや、あやういのや、馬鹿なお考えのなかでは、唯一本当の分別がある、といってもいいくらいだと思いますがね。また、私のほうも非常に興味がないといったら嘘になります。豹頭王グインにも、またケイロニアが味方についてくれるかどうかということにも。でも、駄目です」

「どうして」

「たとえ天が裂け、地がふたつに割れて何もかもを飲み込むだろうといわれたとしてさえも、私をあなたから引き離すことはできないからですよ」

ヴァレリウスは激しい口調でいった。

「そう、私はあなたから離れません。やっとカリナエに戻っていらしたのに——そんなことをしたら、私はクリスタルを一歩出てから、サイロンにつくまでのあいだ毎日毎日、ひたすら心話であなたのようすをたずねる以外何もできなくなってしまいますよ。あなたが目の前にいないだけでさえ、クリスタル・パレスにいてあなたの御様子がわからないだけでさえ気が狂いそうなのに、まして遠いサイロンになんかゆこうものなら、私がどれほど心配で、気がかりで、使いものにならなくなってしまうか——」

「サイロンだもの、魔道師のお前なら、かかっても十日で往復できるはずだよ」

「十日！　私にとっては十年も同じことですよ」

「でもそうしてくれたら、一気に勝率は……」

「私は、あなたのおそばから、はなれませんよ、ナリスさま。私が一日でもいなかったらまたしても、性懲りもないあなたがどんなばかな陰謀をたくらむか、どんなとてつもない悪だくみをするか、お食事さえ召し上がらないかもしれないし、容態が急変するかもしれないし――何もかも心配で心配で、私はサイロンにいったところで幽霊のようなものでしかないでしょう」

「陰謀なんかしないってば」

「信用できませんよ」

「十日くらいなら、あっという間だよ。それにそのくらいだったらなんとかまだからだが本調子でないからという口実をつけて、じっとひきこもっていられるだろう。そのあいだにそろそろといろいろな人と会ったりしながらね。いまとなっては、グインが味方についてくれるかどうかだけが私たちの勝機というものだよ……おまけにいまはサイロンにベックもいるんだろう？　ベックもともに口説ければもう勝ったも同じことだ……」

「イヤです」

「どうして」

「私はクリスタルにいます。できうるかぎり、あなたのおそばに」

「たった十日だよ」

「私にとっては永遠ですよ。そのあいだにもし万一にも何か急展開だの、事態の急変でもあったとしたら、私は一生自分を許すことができない、どころのさわぎではありません。私はドールの地獄におちて二度と……そんなかんたんなことばでなどつくすことなどできやしない。どうしておわかりにならないんです。私はあなたのいないところへなど、一日だって派遣されやしません」

「まるで、駄々っ子みたいなことをいう」

「駄々っ子はあなたですよ。御自分が私のいないことでもしかして冒すかもしれない危険をわかっておいでのくせに、どうしてそんな恐しいとんでもないことを云い出されるんです」

「じゃあ、グインを味方につけることは意味がないっていうの」

「そんなことは云いませんが――そうですね、手紙をお書きになっては。部下の魔道師に持ってゆかせましょう。そうですね、思ったのですが、スカールさまにもお手紙をお書きなさい。スカールさまに、サイロンにいっていただくというのはどうでしょう」

「それもひとつの手ではあるね。でもスカールは顔も知られているし、それに魔道師じゃない。危険がともなうし――」

「私は危険がともなわないとでもおっしゃるんですか。サイロンはパロほどじゃないが、ちゃんと魔道師というものの価値もわかってるし、タリッドのまじない小路のような場所もあるところですよ。魔道師にとっては魔道師だということでの危険もまた大きいんです」

「そんなものはお前ならなんとでも乗切れることはわかっているし……」

「第一いかな私といえども、十日間いったいどういう口実で宮廷をあけろとおっしゃるんです。ただのそのへんの魔道師ならともかく。私はパロの宰相なんですよ、あなたの陰謀のおかげで」

「宰相こそ本当なら新王の即位式に祝賀使節として参列してもおかしくないところじゃないの」

「そういう声も多少はございましたよ、このしらせがやってきたときには。でも私のほうで、いや、いま私がクリスタルをはなれるわけには参りませんので、とお断りしたので、ベック公さまがおいでになることになったんです」

「どうして」

「またしてもそれを私の口からいわせたいんですか、あなたは」

「グインの力が必要だよ、我々には」

「そしてあなたには私の力が絶対に必要なんですよ。私がいなかったらどうなってしまうとお思いなんです。万が一にも——そうですよ、本当に万が一にでも、あのキタイの竜が、私の結界がないと知って魔手をのばしてきたらどうなるとお考えなんです。永久にキタイの後宮で竜王の愛人として幽閉されて一生を送りたいとでも思っておいでなんですか」

「じゃあ……」

ナリスは考えこんだ。

「じゃあ、お前なら、誰をかわりに送ればいいと思うの。スカールはそれとして、いま私の周辺で考えたら。いったい、誰なら、グイン王に面識があって、そんなに信用できると思うんだ？　誰もいないじゃないの。リギアというわけにもゆかない——突然、女の使者がやってきてもグイン王に信頼を得るというわけもないだろう。といって、リンダではなおのこと

——そんな冒険に出すわけにはゆかないしそれに……フェリシアでも……」

「ごらんなさい。あなたときたら、ちょっとでも信頼できる人間といって数えあげるとき、女の人しか出てきやしないじゃありませんか。それもこれも、あなたの不徳のいたすところですよ」

ヴァレリウスはがみがみと云った。

「私はともかく、スカールさまにお手紙を書いて、スカールさまからグイン王を口説くこころみをして下さるよう、してみてはどうかとおすすめしますよ。スカールさまだってグイン王とは面識はないわけですが、そこはそれ英雄は英雄を知るというから、なんとかなるかもしれない。——それだって本当をいえば、私は心配です。スカールさまは、本当に危険になってきたら、いつなりと国境周辺で待機しているから、頼ってくれるようにとあなたにおっしゃった。それは私にとってはひとつのもっとも大きな保険みたいなものなんです。スカールさまがサイロンにむけて出発すれば、当分その援軍は見込めなくなるわけですからね。ますます、あなたは裸になるようなものですよ。とにかくこんなこころもとない反逆のたくらみなどありはしない。私はね、あなたとこうしていろいろ、心の底を打ち割ってお話をするようになってとてもよくわかりました。あなたは、知将だとか、名将だとか、いい武将だとさえ云われて世をだまし、人をだましていましたけれどもね。じっさいにはあなたくらい、戦争になど不向きな、本当は一番戦争などさせてはならない人間は珍しいくらいですよ。あなたはただの、夢想家の赤ん坊なんですから——あなたには、何にも、人殺しの現実なんかわからないんだし、現実の戦争というものでさえ、あなたにとっては想像のなかの、サーガのなかのちょっとドラマチックなお話にしかすぎないんです。いや、ただ、ひとにたいして、即座にそのひとの性格や弱点を見極めて、それにはたらきかけ、動かしてゆく悪魔のような能力をおもちであるということはいやというほど認めていますけれどもね。ですから、あなたのそういう能力については非常に信頼もしていれば、おそれてもおりますけれど、いくさというものは、そんな繊細なものではなくて、もっともっと野蛮で粗野で——あなたのような、華奢な繊細な詩人の魂がとうてい耐えられぬほど野蛮で生々しいものなんです。そのあなたをなんとか真綿でくるんで怪我ひとつさせぬように、寂しがって泣かぬように、不安になっておかしなことをはじめてしまわぬように守りながら、なんとかして私は本当の現実のいくさを勝ちぬいてゆかせなくてはならない。こんな大仕事ははじめてですよ。でもあなたがある意味では、本当に心から純粋に中原の未来や、世界の謎、そしてパロのゆくえを案じておられることもわかっている。——あなたのその知能や繊細さや学識がなかったなら、見えもしなかったような世界の危機が、おかげさまで私にも見えるようになってしまったのですからね。だから、なんでもしますよ……どんなことでも。でも、あなたのそばをはなれることだけは駄目です。それだけは、とんでもない。たとえ何をしようと、どれほど説得しようと、どんな力づくでも、それだけは私にさせることは不可能なんですよ。ナリスさま」

「どうして」

ナリスは唇を駄々っ子のようにとがらせた。

「こんなに頼んでいるのに。——お前以外、私には頼るものはないといっているのに」

「だからですよ、ナリスさま。私以外、頼るもののないあなただからこそ——私にこんなに何から何までお頼りになっているよるべないあなただからこそ、あなたを一人に残してゆくなどという恐しいことはたとえ一瞬たりともおっしゃらないで下さい」

「そのために、せっかくの勝機をのがしてしまうとしてさえなの？　おまえの知性はどうなったの、ヴァレリウス？」

「私の知性は、ちゃんとここにいて、お前の最も大切なかたをお守りする任務をゆだんなくはたせ、といっていますよ。だからスカール殿下に手紙をお書きなさい。それはすぐにでもとどけさせますし、またグイン王に手紙を書いてみるのも無駄ではないかもしれません。それで手応えがあれば、それでこんどはもうちょっと違う展開もありうるでしょうからね。でもいずれにせよ、いまはもっとも大事なしかも危険なときです。私は、クリスタルをもう一歩でもはなれる気はありませんよ。マルガまで何回も出ていったことでかなりそうでなくてもレムス陛下にはあやしまれている。これ以上、疑惑をむけられればいつなんどき、こんどは私のほうがとっ捕まってランズベール塔にぶちこまれないとも限らない。ランズベール塔なら全然問題ないですが、万一にも、魔道師の塔だったとしたら大問題ですね。レムス陛下が、魔道師の塔に、私を糾明せよ、という命令を出されたとしますね。私の行動に不審の点ありとしてですね。そして、魔道師の塔はすでに私とあなたのことは知っていますし、あなたの側につくことも決定していますから、のらりくらりと糾明をひきのばすでしょうし……

そのことで、陛下がかっとなって、魔道師の塔に圧力をかけたり、陛下づきの、魔道師の塔の所属でない魔道士たちを使おうとされたりした場合にはこんどは、魔道師の塔は王宮とのあいだにもめごとをひきおこすことになる。いまここで魔道師の塔が王室と対立することになれば、ジェニュアもまきこまれる。そうすれば、せっかく私がなんとかそろりそろりとおもてむきだけでもなにごともないかのような日々をおくらせながら、そっと作り上げようとしている勝算も一気にすべて失われてしまうことになり、私はその場でもう、何の勝ち目もないかもしれぬいくさにあなたをかりださないわけにはゆかなくなる。——そんなことになったら、困るでしょう？　私はまだこのゾルーガの指輪のなかみは使いたかありませんし、あなたにも使っていただきたくありませんし、そのためにも、私はいま、これ以上あやしまれるようなことは極力避けたいと思っているのですからね。魔道師の力にだって、限りがありますし、あまりそれを盲信するとあとでひどい目にあうことになる。もうかなり、盲信というより、限界を無視して私はそれを使ってしまっていますしね。——カロン大導師はむろん、あなたのお味方にたつという誓約はしましたが、魔道師の誓約などというものは、非常に多くの制約のあるもので、いくつかの条件にひっかかってしまえばかんたんに成立不可能になってしまうんですよ。そして魔道師の塔といえども、いま正面きって王室にたてつくという行動をとれるほどには、レムス陛下に対する疑惑を証明できてはいないし、仮に魔道師の塔がそうできたところで、この世の魔道師がすべてパロ魔道師ギルドの忠実なメンバーというわけではないんです。ちょっとは、おわかりになりましたか。世間知らずのお姫さま」

3

「いいとも」

ナリスはじっと我慢してヴァレリウスの怒った長広舌をきいていた。それから、唇をとがらせていいかえした。

「ようくわかったよ、ヴァレリウス宰相。なら、ケイロニアに使いにいってもらうのは断念するよ。いまさらスカールを動かしたところで……まずスカールに手紙を出すのに数日、スカールが考えるのに数日、それからさらにスカールを説得する手間がかかるかもしれなくて、それからスカールが草原を抜け出してパロをぬけて、自由国境をぬけてケイロニアに入り、大森林とワルド山地をこえて北のサイロンに到着して――そしてそれからあれこれ手をめぐらして黒曜宮に……第一あの武骨一辺倒の男がどうやってうまく黒曜宮に入り込めると思うの？　彼は魔道師じゃないんだよ。そして、確かに名前も顔もよく知られているけれど、その分、アルゴスの黒太子スカールがなぜかクリスタル大公アルド・ナリスの書状と依頼を持って黒曜宮にグイン王に会いにきた、などという知らせはたちまちサイロンじゅうになりひびいてしまうだろう。そうしたら何もかも台無しだよ。だが、おまえがそれでいいというのならしかたがない。せっかく、イシュトヴァーンに頼らずに兵をおこせる好機だと思ったのに」

「何ですって」

ヴァレリウスは火をふきそうな目でナリスをにらみつけた。

「何を云いました。いま」

「グインがうしろだてに立ってくれるのなら、なにもイシュトヴァーンのゴーラに頼る理由もなくなる、といったんだよ」

ナリスは悪魔のように云った。ヴァレリウスは唸った。

「それに私だって——運命共同体になろうと約束したといっても、それはいうならば……口約束だけのことだし、それにイシュトヴァーンは……とりあえずモンゴールを占拠して、それで忙しいんだろう？　だったら、まだちゃんと体制もととのっていないゴーラがそういうことになって、まだ当分は、イシュトヴァーン軍をあてにして兵をおこすことはできやしないよ。だったら、そちらはそちらとして、ケイロニアのグインをうしろだてにできれば——スカールだってそれならば一切の異存はないわけだし……ケイロニアならば、パロ王室との関係だっていたって良好だ。ためらっているカラヴィア公にも、ケイロニアがすでに私につくと約束をくれていると言えれば、最後の駄目押しになる」

「この、悪魔」

ヴァレリウスはかすれた声でいった。怒っているというよりは、むしろひどく悲しそうに

——悲哀のかたまりにおしつぶされてしまったとでもいうかのようにみえた。

「どうしてそんなに悪魔のようなんです。……ひとつだけきかせて下さい。どうしてそんなに私をあなたのまわりから追い払いたいんです。何か、私がそばにいては、具合のわるいことでもあるんですか。また、私がいては都合のわるいなにかけしからぬ陰謀でも思いつかれたんですか」

「陰謀なんか、思いついていないというのに」

ナリスは云った。

「おかしな人だね！　なんだって、ひとの顔さえみれば陰謀をたくらんでいるだろう、悪だくみをめぐらしているだろうとかんぐるんだろう」

「それは、あなたがこれまでずっとそうしていらしたからじゃありませんか」

「いつもそうしてたなんてことはなかったし、お前が思っているよりずっと、私はそんなに陰謀家などではありはしなかったよ！——でももういい、だってお前はどうせサイロンへは私が何といおうと絶対使者にはたたないと誓っているんだし、それならそんな無駄なことをいって疲れることはないんだ。私はまた何か新しい手練手管を考えるとするよ。君のいう、陰謀をね」

「ナリスさま、ナリスさま」

ヴァレリウスはまるでわななくような悲しげな声でささやいた。

「どうして、あなたはそうなんです。——どうして、そんなふうでいらっしゃるんです。このところもう、ずいぶんと違っていらしたと思って、少しだけ私も安心して心を許していましたのに。——やはり、あなたは何もかわっていらっしゃらなかったんですか。スカール殿下の前でお見せになったあの素直で率直な、単純で可愛らしいお心はあのときスカールさまを籠落するためにこしらえたたくみにしかすぎなかったんですか。あなたの心が、私がこうしていのちをかけておそばにいることで、少しづつひとを信じられるように、ひとにたいして開けるように、その本当の素直で傷ついた子供の魂がやすらげるようにちょっとだけでもかわってきた、と考えていた私の喜びはただの思い過しでしかなかったんですか」

「そんなことはないよ、ヴァレリウス」

いかにもとってつけたような口調でナリスはいった。ヴァレリウスはナリスをにらみつけたが、もう、最前のような怒りの色はなく、むしろ茫然としたように疲れはててみえた。

「私がサイロンへいって、グイン王を説得し、同時にベック公を説得してお味方につけてくれば、御満足なんですか、ナリスさま」

ヴァレリウスはのろのろと云った。

「今度はそうやって、私に、あなたの御命令におのれの最も強烈な希望や意志にそむいても従わせようというのが、あなたの病んだ心にとりついてしまった考えで——あなたは、思いついたからにはありったけの手管と力を行使して私にいうことをきかせなくては安心できない、というあの病気がまたおこってしまわれたんですか。お願いです、ナリスさま。それがどんなに危険なことだか知って下さい。いま私がクリスタルをはなれるのは、あなたにとっても私にとってもあまりにも危険であるばかりじゃない、あまりにも、無謀で、この反乱の計画全体をあやうくしてしまうような危険すぎる賭けなんです。それに、グイン王を説得できるという保証もない……それに対して私が十日もクリスタルをあけていることでおそらく、レムス陛下には致命的な疑惑をこうむってしまう。……何もかもがあまりに時期が悪すぎ、無謀すぎます。私に思いのままにしたがわせたいという病気ならほかのどんなことでも――それこそ土下座しろとでも、どんなことでもお命じになって下さい。でも、いま、私にグイン王への使者にたてと強要されることは……お願いです。私をあなたからひきはなさないで下さい。危険すぎます。私がいなかったら、あなたは同志に加わろうというものとの連絡ひとつだって、どのようにしておつけになるつもりなんです」

「それは、誰か、魔道師をかわりにおいていってくれて――」

「私のようにあなたに献身的に、何でもいわれたままに魔道師のおきてにそむいてまで魔道を使い、おのれの知識や技術をすべて捧げる魔道師がほかにいるとでもお考えなんですか」

「閉じた空間でゆけばもっと早い時間で往復できるのじゃない、ヴァレリウス？　とにかく、いまの私たちにはもっと、あと最低でも二万人以上の兵が必要だといったのはおまえじゃないの」

「でもそれはケイロニア軍であっては意味がないのです。それはパロの兵士でなくては」

「カラヴィア公にはアドリアンが説得にあたってくれるし、リーナスは、まあ説得したところで兵力をふやす役にはたたない、文官だからね。ルナンたちがほかの聖騎士侯で国王に不満を持っていそうな分子をそっとあたって仲間にひきいれようと動いてくれると約束してくれたし、あとはもう私たち自身のやることは、待つことと、そしてまわりの諸外国に対して手をうつことだけなんだよ、ヴァレリウス」

「ですから、さっきから申上げているでしょう。あなたのおっしゃることはすべてわかりますし、それは道理でもある、と」

ヴァレリウスはたまりかねたように声を大きくした。

「ただ、私は——あなたのそのお考えが、本当に素直な本心をいえば、それを口実にして、私がいまでもちゃんとあなたのどんな無茶な暴虐な命令にでも従うかどうかを試そうとなさっている、と思われてしかたがないんです。それは本当に危険なんですよ、ナリスさま！　もう、私たちはこんなこころみに乗り出してしまった。何人もの人に心を打ち明け、血判もおさせてしまった。もう、あともどりはできないんです。もう、何もなかったことには、白紙には決して戻せないところまで——無理やりにカリナエに戻ってくることで、私たちはもう反逆へのこころみに出発してしまったんですよ。もうあとは、とことんゆきつくところにゆきつくしかない。いまはもう、グインを味方につけるよりも本当は、決起の最終的な計画と日時を決定してしまうことしかないはずなんですよ、私たちには」

「……………」

ナリスは、それをきくとふしぎなことにちょっと黙り込んだ。

そして、次に口をひらいたときには、ずっとおとなしい、ほとんど沈んだといっていい口調になっていた。

「――そうだね、ヴァレリウス。お前のいうとおりだ」

「ナリスさま！」

「おかしな……おかしな話だね。私は……いまのおまえのいっていることばをきいていたら、とても妙な気がしてきたよ。……なんだかね、もしかして……」

「何です」

「そう――なんだか、もしかして私は、いよいよ本当に目のまえにこの……反乱をおこすときがせまってきたのを、あるいは、心のなかではおそれているのかもしれないという気がしてきたよ。ふしぎなことだ。そんなふうに考えたことは一回もなかったのだが――」

「ナリスさま……」

「いまはもう、グインを味方につけるよりも本当は、決起の最終的な計画と日時を決定してしまうことしかないはずだ――お前がそういうのをきいたとき、私は、急になんだか雷にうたれたように、心臓を冷たい手でつかまれたように感じて……そして思ったんだよ。私は、おそれているのだろうか、とね」

「ナリスさま……」

「そう、もう、着々と計画は進んでいると私はきょうあつまってくれた人々にも云った。だがその実――どう戦おうとか、どこをどう占拠するのがもっとも効率的だというような話は私はおまえとずいぶんかわしたが、それでいてかんじんかなめの――『いつ』という最後の結論だけは、まだまったく決定していない。——それを決めてしまえばもう逃れることはできない……それにむかってただひたすらすすむだけだ。おかしなことだ、ここにきて、私は怯えているのだろうか——不安にかられ、おののいて、怯懦にかられているのだろうか。私は……」

「ナリスさま」

ふいに、狂おしい希望にかられてヴァレリウスは叫ぶように云った。

「もし、そうお考えなのでしたら、もう……その御不自由なかよわいおからだで、国王に反逆などという……そんなお気持は捨てて——何もかも、私がよいようにいたしますから——一生、おそばにおりますから……決して何の御不自由もおかけしないように——ですから、すべての計画を破棄して……」

「どうやって。もう、あともどりはできない、そういったのは、おまえ自身だよ、ヴァレリウス。——もう、ランズベール侯はもとより、マール老公にも、ルナンにも、リーナスにさえはっきりと『私は国王に反逆し、パロ聖王となる』と明言してしまった。もう引っ込みはつかないよ。ここでもういっぺん気持をひるがえし、あれは嘘だった、もうそんな気持などない、というとしたら私はもう、一生、誰からも信じてもふりむいてももらえない不徳義の人になってしまうだろう」

「……」

「かれらに心を打ち明け、協力してくれと頼み——そしてかれらに『アル・ジェニウス』と呼びかけさせ、きょうもきょうとて一人一人に国王への忠誠の誓いをさせてしまった。それをすべて座興だった、いや、いまになって、それは不可能だと思うようになったからやめました、とかれらにいうの？　ヴァレリウス」

「——つまらぬことを申しました」

ヴァレリウスは口重く云った。

「たしかに、私が愚かでございました。もうあともどりはできぬ——そう云ったのは、まさしく私でしたのに。申し訳ございません。いまのは、お忘れ下さい」

「私たちは、もう——選んでしまったんだよ。ヴァレリウス」

ナリスは布団の上にのろのろと手を出して、ヴァレリウスの腕をつかもうとあがいた。ヴァレリウスはあわてて手をさしのべて、その冷たい手をにぎりしめた。

「もう、引き返せない。もう戻れない——もう二度とマルガへは、生きて戻ることはない。そう決意してマルガをあとにしてきた……策略をめぐらし、ひとのいのちをも犠牲にして。何人ものひとのいのちが犠牲になった。私の謀略のために——それらへの私のいいわけはすべて、『それは犬死にではない、中原とパロの明日を守るための崇高な人柱なのだ』というだけにすぎない。……ねえ、ヴァレリウス、もう、私たちは二度ともどれない二人だけの旅に出てしまったんだよ。私たちのうしろで道はくずれおち、決して戻ってゆく帰り道のない永遠の旅路に。そうだろう？」

「——そのとおりです、ナリスさま」

「お前はそれを承知の上で私を《アル・ジェニウス》と呼んだんだろう？」

「そのとおりです。アル・ジェニウス」

「反乱の日取りはいつにしよう。ヴァレリウス」

「いつにいたしますか。それしだいで、カレニア義勇軍も、またマール公騎士団や……ルナン侯騎士団、それにひそかに集めておかねばならぬ若干の傭兵にせよ……スカール殿下にも使者を飛ばさなくてはなりませんし、ゴーラ王にも……だがやはり私の考えでは、まずはカラヴィア公の説得に、アドリアン子爵がどのていど成功するか、それだけは待ちたいところです」

「そうだね。それにアドロンは頑固者だ。もし、説得の途中で、私が兵をおこしたときいたら、それで逆の方向に心が決して、ただちにカラヴィア騎士団をひきいて反逆大公を制圧にたつ、という可能性は非常につよいからね。そのかわり、いったん私につくと決定してくれたら、おそらくその気持をくつがえすことは決してないだろうが」

「ひとつ、非常に気になっていることがあります」

「なに、ヴァレリウス」

「ひとつ、いや、ふたつですね。ひとつはリーナスさまのことです。このあいだマルガにおいでになったときには、かなり気持がゆらいでいたようでしたが、きょう来ないという使者がきたのが私には非常に気になっています。これは、私はできるかぎり近々に、明日にでも、リーナスさまに会って、その本心を確認してみたいと思っています。もしもまた気持がかわって、やはり国王に反逆などということはできない、という気持になられたのなら——あのかたは、私は長年かたわらにおつきしていますから、性格も、ものの考えかたもよく知っています。あの人は、ごくいい人——いわゆるいい人ですし、お坊っちゃんでのんびりとしていますが、性格のなかにつよいところも、岩のようなところもほとんどありません。ことがらによってはけっこう頑固ではありますけれどもね。それに、レムス陛下にたいして、やはりごく単純素朴な忠誠心を抱いてないわけではありません。先祖代々、非常に重い、パロ王の側近として仕えてきた家柄ですからね。王族につぐ地位にある大貴族ですから。……ですから聖王家への忠誠の念はやはりとてもつよいかたです。もしも、あなたの説得が結局きかず、あなたの味方にはつけない、という気持になったのだったとしたら——」

「……………」

「これは大変危険なことです。あの人の性格なら、そのような気持になったらまず確実に、レムス陛下にこの計画について告げるでしょう。まあ、どの人を同志にひきこむかについても、それはかならずともなっている危険ではありましたけれどもね。でもリーナスさまの場合が一番危険だと思います。これまでのところ、あなたが説得なさって、そのようにあいまいなというか、完全に説得されなかった人はいなかったですから」

「どうしたらいいと思う？　ヴァレリウス。私は充分、手応えがあったと思ったから……粉をかけてみて、大丈夫だと思ったから話にひきいれたし、最初は説得もできたと思っていたのだけれど」

「ですから、それを確認しなくてはなりません。それも早急にです。今夜にでも私はリーナスさまのところにまわってみます。そしてもし、リーナスさまの態度がおかしければ——」

「どうするの、ヴァレリウス」

「やむを得ません」

ヴァレリウスのやせたおもてが、ひきゆがみ、唇がひきつった。

「とるべき手段をとるだけです」

「どうするつもりなの。ヴァレリウス」

「危険をはらんだ口は早いうちに封じなくてはならない、それだけのことですよ、ナリスさま」

「ヴァレリウス」

ナリスは、目を大きく見開いた。そして、ヴァレリウスの目を求めた。ヴァレリウスは身じろぎもせず、その闇の瞳を見つめ返した。

「本気」

「おろかなことを。これほど重大なことを、本気以外で口にするとお考えですか」

「お前はリーナスを——まさか」

「なぜ、まさかです。論理的に唯一の必然的な帰結でしょう」

「リーナスを手にかけるというの。リーナスのおつきとしてともに育ったお前が」

「そうですよ、ナリスさま」

「お前はリヤ大臣にひろわれて育てられたんだろう。リーナスは大恩ある恩人なんだろう」

「関係ありません」

「大騒ぎになるよ。リーナスはなんといってもパロ宮廷の重鎮だ」

「うまくやりますよ。私とて上級魔道師です。突然の脳卒中をおこしたとしか、いかに精密に調べられても見えぬ薬をつかいます」

「ヴァレリウス」

ナリスの声がいくぶん、力つきたように細くなった。

「なぜ……」

「なぜ、とは、何がです?」

「なぜ、お前はそこまで――」

「あなたのためなら、私は――」

ヴァレリウスは絶句した。

それから、激しく拳を握りしめて続けた。

「あなたの身を守るためなら、私はおのれの親でも殺しますとお誓い申上げたでしょう。私は嘘はつきませんよ。あなたと違って」

「殺さなくても……何か方法があるかもしれないよ……」

「恐しくおなりになったのですか。アルフリートとモーリスを始末するについてはあれほど平然と私にお命じになったあなたが。――いえ、わかっていました。いつも、とてもよくわかっていたんですよ。あなたは、本当はとてもお気のよわいかたです。冷酷非情のようにふるまい、たくさんの邪魔者を――アムブラをも裏切ったり、ほふったりなさってきたけれども、それについてあなたは一度だってこのあなたの華奢な手を血で汚したことはおありじゃないんです。――あなたは、モンゴールの幼いミアイル公子の暗殺についても、はるか遠い安全なクリスタルから、アル・ディーン殿下にお命じになり、魔道師に命じて実行させただけでした。アル・ディーン殿下にミアイル公子を殺せ、と命じられたのだって、御自分をすてて出奔したディーンさまに復讐したいお気持のほうがつよかったはず――殺される幼い公子のことなど、あなたは目のまえで見ないですむのだから、考えてもおられなかった。いや、もし目のまえで十四歳の公子が殺されかけたら、あなたはうろたえておしとどめたかもしれない、血を見て気絶してしまわれたかもしれない。コント兄弟についても同じです。あなたは、かれらは生きていないほうがいい、と私におっしゃったけれど、明白に『殺せ』とさえお命じになる根性がなかった。あなたは何もわかってないのですよ、ナリスさま。ひとの生死、それが本当にどういう苦しみといたみをはらんでいるかということなど。私はもしもリーナスさまがこの謀反の計画をもらしてしまう危険ありと判断したらこの手で、私の大事な若さまであったリーナス坊っちゃんを殺します。たとえ心が張り裂けたって、私はこの謀反に失敗して、あなたが処刑される危険をおかすことはできません。あなたのためなら私は鬼になります。いや、もう何回もあなたのために私は人を殺しました。私の手は血に染っているのですよ――モーリスの胸に短刀を突き刺したのはこの手なのですから。彼の罪なき血をヴァレリウスは骨ばった手をナリスの顔の前につきだした。ナリスは歯を食い縛って、叫び声をあげるまいとした。ヴァレリウスはその手を狂おしく握りしめた。

「怖いですか。でも反乱の計画が進んでゆけばどんどん、あなたは――返り血をあびなくてはならなくおなりになりますよ。むろん私が楯になってさしあげられるかぎりは、すべての罪は私が負うてさしあげますけれど……裏切って敵方にこちらの情報をもらしそうな危険のあるものはかたっぱしから始末し、邪魔な敵の大物はどうしても正面からたたきつぶすことができなければ、かげから手をまわして暗殺したり失脚させたりし、そしていざ反乱をおこしたさいには、たくさんのあなたのよく知っている人々と戦い、処刑し――あなたの妻の弟、あなたのいとこの生首を王宮の塔にさらさなくてはならなくなるのですよ。反乱とはそういうことですし――それをしなければ、こちらが破れれば、あなたも、あなたの美しいお妃さまも、私も、あなたを信じてあなたの側についた人々もみな、とらえられ、恐しい拷問をうけ、そしてむざんに処刑されてゆくしかない。反乱とはそういうものなのです。あなたの父上が、いままさに弟君との血で血を洗う内乱に入ろうとしている刹那、割って入ったデビ・フェリシアが、おのれの身をひくことで、パロ人どうしの血を流させるのを回避された、あの話は伝説になっています。今度はそんなふうに割って入ってくれる人はいない。あなたが破れれば、あなただけではない、私も、リンダさまも、首をうたれてさらされるのです。そうでしょう」

「ああ」

ナリスは奇妙な表情でヴァレリウスを見つめていた。

「そうだ。そのとおりだよ、ヴァレリウス」

「ですから、私は——もしもリーナスさまが突然亡くなったという知らせの使者がきたら、間違いなく、リーナスさまは国王に情報をもらそうとしていた、とお考え下さい。そして、もうひとつの私の心配はですね……」

「ああ」

「実は、ランズベール侯はじめ、われわれについてくれているあまり数多くない武官のかたがたなんです。かれらは非常に血気にはやっています。ことに、きょう、リーズ聖騎士伯とカルロス聖騎士伯に会ってみて、これはとても危険だと思ったのですが——かれらは、ルナンさまも含めて、非常にたかぶっていますし、はやっていますから、あまり、反乱までの日が長くなると、国王がたに気づかれる危険が非常に多くなってしまいそうです。それに、あの人たちも、自分からいろいろな仲間に声をかけて同志になるよう誘ってみるといっていました。それをきいて、これはまずいと思ったのですが、気をつけないと、そのなかに確実に、リーナスさまよりももっとかんたんに、こういう計画があるというのをかるはずみにいいふらしたり、逆に忠義のつもりで国王がたに密告するものが出てくるはずです」

4

「ああ」

としか、ナリスはいわなかった。ヴァレリウスは、

「これは、くちびるをかみしめてつづけた。

「つまり、日がたてばたつほど、あらゆるところから危険が増すということです。これは、たとえリーナスさまを口封じに処分してしまっても同じことです。むしろ、味方だと信じ、また当人も非常に協力的な味方のつもりでふるまっている連中ほど危険になってしまうという気がします。ナリスさま、急ぎましょう。もし、反乱の日取りが決まってしまえば、あとはそれまでといってかれらをじっと大人しくさせることもできます。それに、いまかれらがまたこれ以上こまごまとした連中を誘って同志にするまでもない、こちらの勝算さえたてば、兵をあげてから、こちらにつくものは確実にでてきます。もう、猶予はならない、というのが私の考えです。ナリスさま」

「それは、まったく、私も同じ考えだよ。ヴァレリウス」

「決断なさるときですよ」

ヴァレリウスはナリスの目をじっと見つめながら、低く云った。

「反乱の、決起の日取りを。——そうしたら、私が、それを皆に伝えます」

「いずれにしても、フェリシアがボースを連れて戻ってくるのと、カレニアに連絡して義勇軍と衛兵隊の全員に上京させるのと、マルガにおいてある私の手兵全部をただちにクリスタルにむかわせるのと、——そしてアドリアンの返答をまつ、それだけの時間は絶対に必要だね」

「それはもちろんです」

「フェリシアにはすぐに追いかけて使者をだし、急ぐようにいってやり——カレニアのほうはまあ五日はかかるまい。マルガは三日ですむ。——もっとも、マルガを動き出す前に王室騎士団に見つからなければの話だが。だが、問題はやはりカラヴィアだね」

「カラヴィアは……重大問題ですね。しかし、待っていてもし、結局駄目だったというケースのことを考えると、これこそとりかえしのつかぬ事態になります。アドリアン子爵の返答を待つよりも、あえて兵をおこしてしまい、アドリアン子爵には、カラヴィア公騎士団全員とはゆかぬまでも、とりあえず子爵の手兵だけでも連れて参戦してもらったほうがよろしいかもしれません」

「あと、グインに使者を出すのと、ゴーラと、そしてスカールか——」

ナリスはつぶやくようにいった。

「ということは……最大限早くて、十日後、というところかな……」

「また、十日ですか」

ヴァレリウスは考えた。それから肩をすくめてうなづいた。

「やむをえないでしょう。ひと月は無理ですが、きょうが黄の月の十日。——あと二十日もろもろの準備にみて、茶の月に月がかわり——茶の月、ルアー旬の一日——これでいかがでしょう……」

「ルアーの一日」

ナリスはつぶやくようにいった。

「それなら、さいさきもいい、といって同志たちにも喜んでもらえそうだな」

「よろしゅうございますか」

「ああ」

「では、その日は、茶の月、ルアーの一日ということに」

「おかしなやつだな、ヴァレリウス」

ナリスはふっと、はりつめた空気をそらすように笑った。

「最初はあれほど、抵抗し、いやがっていたのに……いまでは、なんだか、私よりも、お前のほうがいっそ、この反乱の首謀者になってしまったみたいな気がするよ」

「ヴァシャの実を食べるなら種ごと、などと思っているわけではないですよ」

ヴァレリウスはかすかに苦笑した。

「ただ、私はものごとを中途半端にする傾向はないんです。それに、成功しないわけにはゆきません。この反乱には、あなたと私の命と——そして中原の未来がかかっているんですから。私はもてる全知全能をふりしぼって、この反乱を成功させてみせますよ。そしてあなたに——御自分の死の夢ばかり見ているあなたに、『ヴァレリウス、お前が正しかった。生きているほうがいいことだね』と云わせてみせますよ。この反乱が成功におわり、そしてあなたがパロ聖王の玉座にのぼったそのあかつきに」

「……」

「茶の月、ルアーの日」

ヴァレリウスはくりかえした。そして、考え込む目を宙にすえた。

「あなたはこのおからだで先頭にたたれるわけにはゆかない。しかし、いずれどこかで、あなたには正式に総大将としての顔見せだけは市民たちに対してしていただかぬわけにはゆきません。やはりリンダさまにお願いするしかないでしょうね。むろんルナン侯とほかの聖騎士たち、それにランズベール侯たちにまわりをかためていただいて。最初の火の手をどのようにあげるか、私がこれからじっくりと考えぬきます。いや、いくつかの、王宮を占拠する方策は考えてありますが、どれも一長一短なのと、味方の総数が最終的にはっきりしないのとで最終的に選ぶのをあとに見送ってきました。いま現在の動員可能な兵力をもとにして、最終的に選んで——むろんあなたには御報告いたしますが。それから、そう、忘れるところでした。肝心かなめの私自身の用件です。魔道師の塔のことです」

「ああ」

「カロン大導師とも、その側近とも何回も話し合ったのですが——魔道師の塔の最終的に出した結論は『待機』です」

ヴァレリウスはひとことづつ、慎重に区切りながら云った。

「待機」

「そう、つまりはいうなれば保留です。といって、すでにカロン大導師も、ほかの上級魔道師、導師クラスのものたちも、あなたの説、ことにキタイの侵略についての部分と、レムス国王がキタイの侵略の尖兵となっているという意見については基本的に受入れ、賛成しています。ただし、あなたの――もっとも空想的な、例の星船うんぬんについては、私はまだもちださないでおきました。もしかして、それがまた、なんらかの意味で魔道師の掟にひっかかったり、ヤヌス教の教えに抵触する冒瀆、異端の説だ、ということになってしまうと非常に危険だと思いましたので。同様にあなたもジェニュアに対してはそのことは触れられないおつもりだと思いますし」

「ああ」

「ですが、キタイについては、魔道師の塔が派遣した調査団も全滅していることでもあり、それについてはかなり魔道師の塔、というか魔道師ギルド連合は確定的だという態度はとっているものの、非常に困難なのはやはり、レムス国王の憑依状態が、キタイの意図的なものか、それともただの偶然かということの決定です。これまでの記録によれば、亡霊の生者への憑依はままあることですが、その亡霊が、黒魔道師に操られている、あるいは黒魔道師と同盟している、つまり生きた人間の手先になっているというようなケースはほとんど見たことがありません。ですからそれについては魔道師の塔はいやが上にも慎重にしなくてはならぬと考えています。もしもレムス国王が本当にキタイの意をうけたカル＝モルの亡霊に操られているのであればこれはパロ聖王家のもっとも聖なる掟にそむく大非常事態であり、ただちにレムス陛下は聖王の地位を剝奪され、隔離され、場合によっては抹殺されなくてはならない。しかし、もしこれが単に亡霊に憑依されているだけであった場合、パロの聖王が亡霊に憑依されてはならぬ、亡霊ないしなんらかの悪霊に憑依された国王はこれを退位させる、あるいは国王の資格を剝奪する、というような法律は現行法ではないので、聖王に忠誠を誓っている魔道師の塔は、レムス陛下に対して反逆の罪をおかしてしまうことになります。これは非常に大きな問題となり、場合によっては魔道師の塔そのものの存続に影響してしまう。そのおそれがあるので、カロン大導師以下のものたちは非常に苦慮しています。その結果が、多少苦し紛れと私には思われましたが、当面静観、ただしナリスさまの行動に対して便宜をはかり、妨害は一切せぬ、ナリスさまに私が全面的に協力することを、魔道師の塔は黙認する、という結論でした」

「黙認、なのか。なるほどね。だがそれだと、それ以上の——魔道師の塔総力をあげて、とは望むべくもないまでも、かなり多くの魔道師による協力というのは望み薄だと云うことだね」

「そのとおりです。自由に動かせるのは私の直属の少数の魔道師たちだけです。あと、一応ギール魔道師もカロン大導師から直接の命令によって、私に協力体制に入ることになりましたから、ギールの配下もですね。だが、このなかには王室づきの魔道士もいますからこれはかえってあまり声をかけるわけにはゆきません。――私の直属がまた、私が宰相になるときいったん形式として魔道師の塔の籍を抜いていますから、もともとは上級魔道師ですからそれほど少なくはなかったのですが、いまはかなり少ないのです。一応、せめて通常の上級魔道師が持っている程度の部下は復活させてくれるよう、導師たちにたのみこんではいるのですが。――情報戦になる場合には、ことにパロでは、魔道師をいかにうまく使いこなすかが、勝利のきめてに充分なりえますからね」

「なるほど」

「というのが、現在の魔道師の塔の状態です。ですから、足元をすくわれたり、うしろから攻撃されたりする心配もないかわりに、魔道師の塔を有力な援軍として考えるのも難しい、ということですね」

「まあ、最悪の報告というわけではなくて何よりだよ」

ナリスはつぶやいた。

「それに、さきほど君のいっていた、決起の計画についてだけれどもね、ヴァレリウス」

「はい」

「私の考えはこのようだ。ずっと何日もかけてそのことばかり考えていたのでね――それにね、ヴァレリウス」

ナリスはいくぶん意地悪そうに笑ってつけ加えた。

「おまえは私のことを、観念でしかものごとを考えたことのない、何も知らぬ臆病者呼ばわりするけれどね。それはたしかに認めるけれども、逆にいえば、机上の空論でだったら、私ほどありとあらゆる戦術を研究しつくした現実的な将軍などそういるものではないよ。確かに目の前で子供が切り殺されていたらわっと泣き出してしまうかもしれないが、ボッカの駒を動かして勝負するのはいつだって私の専門だったんだから」

「………」

「絶対にはずしてはならないポイントがいくつかあるね」

ナリスは続けた。

「ひとつはむろん、レムス国王の身柄の拘束。――これは、先に殺してしまうわけにゆかない、という意味でかなり厄介なところがある。殺してしまったら、私たちは最初から完全な反逆者、聖王殺害の暴徒になってしまうからね。そうしたら当然、魔道師の塔はむろんのことクリスタル・パレスもすべてわれわれを王位簒奪者としか看做さないだろう。だが、あくまでもレムスのカル＝モルに憑依されていることを云い立てて拘束する分には、まだ正義はわれわれの側にあるし、それを調査してくれ、ということでジェニュアも魔道師の塔もおおっぴらにひきいれられる。それから、次におさえなくてはならないのは、古代機械だ。これは君にはそれほどの実感はないかもしれないが、王家の者である私には、非常に重大な問題だ。というより、レムスよりこちらを先にわれわれの制圧下におかなくてはならないかもしれない。レムスとリンダがどのようにして、黒竜戦役の折にあれだけの重囲をやぶってモンゴール軍の手からノスフェラスに逃れたかは、むろん記憶しているだろう。いま、レムスは私のように完全にはあの機械をあやつることはまったくできないはずだが、万一にもヤヌスの塔に逃げ込まれれば、逆にこんどは、古代機械を破壊するぞ、という脅迫によって我々を威圧することも可能になってしまう。とにかくまず、古代機械だけは確実に我々の手中にしておかなくてはならない。これで二つ。クリスタル市庁などはどうでもいい——あとはやはり、聖騎士団がいかにして反撃してくるかを予想しなくてはならないから、どこを反乱軍の拠点とするかだが。これはやはり、ランズベール塔しかありえないだろうな。いまの我々の勢力範囲からするとね」

「それについては何回も話し合ったことですが、最初から籠城、というかたちになってしまうのが、私としては非常にこころもとないのですがねえ」

「だが、出いくさであちこちで聖騎士団をむかえうてるほど、こちらの兵力は多くないよ。それこそ、カラヴィア公騎士団が参戦してくれれば問題はないが」

「だがもしアドリアン子爵が父上の説得に失敗した場合にはカラヴィア公騎士団は国王がたとなってクリスタルにのぼってくることになり、そうなると我々はランズベール城に籠城したまま動きがとれぬ、ということになりますよ。しかも、王宮と真理の塔と双方に兵力をさくとなると、さらに少ない兵力が寸断される。私は、市街戦にもちこんだほうが無難だという考えです」

「その場合には、しかしいったんくずれたった場合がまとめにくいよ。私が現場にいるわけではないしね。そう、それに、私自身をどうするかという問題もある。カリナエでは、たぶん守りきれないだろう。ここは戦うためには作られてない。——だから、私もランズベール城に入り、私の身辺の守護はランズベール侯騎士団にまかせる——そしてカレニア衛兵隊とルナンたちの、こちらについた聖騎士団をもっぱら尖兵として繰り出しながら、ランズベール塔から戦況を操作する……」

「そう、うまく参ればよろしいですが」

「じゃあ、お前はどのように考えていたの、ヴァレリウス」

「私は、いったん、逆にカレニアへむかってしまう、クリスタルを出るというのもひとつの考えだなと考えはじめていたところですよ。つまり、カレニア衛兵隊に守られて、カレニア自治領を本拠になさる。そして、つまり、先にレムス陛下の身柄をおさえてしまうというのをやめ、カレニアで、真のパロ聖王はアルシス王家の嫡男アルド・ナリスである、という宣言をなさる。つまり聖王即位宣言です。それにたいして魔道師の塔とジェニュア大神殿は支持の声明を出してくれるよう、なんとかこぎつける。そして、カレニア衛兵隊とランズベール侯騎士団、それにこちら側の聖騎士団でまわりをかためて、世界にむけて、キタイの手先に憑依されたレムス国王糾弾の宣言をなさる。——そしてスカール殿下やサラミス公など、次々とそれに同調して『聖王はアルド・ナリス陛下である』という見解を発表するように——」

「だが、カレニアはべつだん、守りにきわめて向いた要害の地というわけでもなんでもない。

森林が多く、むしろ非常に、守りのいくさをするにはむかないところだよ。それに大きな城もない。たてこもる場所といってあるわけではないからね。おまけにカラヴィアはカレニアのすぐ南だ。もし、カラヴィア公がその宣言に賛同せず、謀反人を追討せよ、という国王の命令をうけてカレニアに攻め入ってくるとしたら、たぶん、勇猛をもってなる上に五万人という人数を誇るカラヴィア公騎士団の前に、それこそ彼我の兵力の極端な差はどうするすべもない。カレニア衛兵隊は勇猛だし忠実きわまりないが、義勇軍をすべてあわせてもたぶん一万にもならないよ。ランズベール侯騎士団、サラミス公騎士団とルナンたちの聖騎士団、それにマール公騎士団を加えてやっと三万、というのはもうきのうさんざん云った話だし」

「スカールさまの草原の騎馬の民が援軍にかけつけてきてくれれば、一気に形勢は逆転しますよ」

「それまでもちこたえられればね。それにひとつ、一番心配なのは、私は普通のからだじゃない。私がカレニアに到着するまでというのは、きわめてもろい部分をかかえた、たいへん難儀な進軍ということになってしまうと思うよ」

「何のために古代機械があるとお考えなんです」

ヴァレリウスは云った。ナリスはしばらく、虚をつかれたように黙っていた。それから、驚いたように微笑した。

「なるほど」

「ナリスさまはもっともよいタイミングを見計らって、古代機械で悠々とカレニアにお入りになれますでしょう。ナリスさまならお出来になる。――問題があるとするると、そのあとクリスタルからすべての兵をひきあげてしまわないと兵力的にはとてもかなわないですから、すべての兵をカレニアにあつめると、その古代機械を守るに充分な兵力はとてもおいておけないということですよ。だが、古代機械を一緒に持ってゆくということは不可能なんでしょうか？」

「残念ながらそれはちょっと無理のようだな」

「しかし、カレニアやサラミスから集まってくる兵がクリスタルに入るのを待っている、という時間の無駄にくらべたら、この計画のほうがはるかに現実的ですよ。それに、そうやって大勢の兵が動くと、どうしても国王がたに気づかれてしまう。それを気づかれぬようにしずしずと少しづつ兵を都に集めていればもっと時間がかかる。そうしているあいだにこんどは別件で秘密が洩れてしまえばおしまいだ。――これについて解決することができない以上、やはりナリスさまを古代機械でカレニアに送り込むほうがいいのではないか、と私は考えたのですが」

「そうねえ、だが、カラヴィア公が――」

「それについては、ランズベール城にたてこもって反乱を宣言してもまったく状況的には同じことですよ。カラヴィア公が味方についてくれれば勝機はあるし、カラヴィア公が国王がたにつけば勝算はぐっと減少してしまう。これはもう、アドリアンさまの説得にかけるしかない」

「私は、クリスタルを戦場とすることしか考えていなかったから、カレニアに自分からおちのびてしまう、というのはちょっと意表をつかれたよ。ヴァレリウス」

ナリスは素直に云った。

「これについては、ちょっと今夜よく考えてみたいと思う。それにもたしかに一理はあるかもしれないが、だがやはりいろいろと限界もある。とにかく、我々は兵力的に国王がたの半分もないのだ、ということが一番忘れてはならぬ部分だ。私からみれば、国王当人をおさえてしまえばあとはおとなしくなるのだから、まずはともかく有無をいわさずレムスを拘束して、クリスタル・パレスを占拠してしまう、というのが一番いい戦術のように思われるけれどね」

「問題はレムス陛下が大人しく拘束されているかどうかですよ」

ヴァレリウスはつぶやくようにいった。

「私がもっとも心配しているのは、万一、レムス陛下をそうやって直接におさえようとして──そこに、キタイの勢力が出現したらどうなるか、ということです。──すでにキタイの竜の尋常でない魔力のほどは我々は知っています。それが、レムス陛下を通じて出現してしまった場合──我々の、レムス陛下に対する疑惑も証明はされるわけですが、同時にとりかえしのつかぬことになる可能性もある。カル＝モルの憑依というのも、じっさいにはどういう力を持っているのか、わかったものではない。カル＝モルという魔道師は、生前は、単身ノスフェラスを横断し、グル・ヌーの秘密を得ようというほどに、一応は力をもっていた魔道師だったわけですからね。その力が残っているとすれば、レムス陛下に手をかけた瞬間に、我々は敗北してしまわないとも限らない。本来なら、魔道師が憑依しているわけですし、キタイの嫌疑もあるわけですから、レムス陛下をおさえるのは魔道師で一応力もある私がやるべきことです。だが、そこでもしキタイの竜とその場での激突になったら私はあっさりやられてしまうでしょうし——その点については、私はいかなる幻想をもつこともできません。キタイの竜王は、はっきりいっていまの力は、〈闇の司祭〉グラチウスよりも上回っていると思います。そんな異常な力をもつ魔道師に対抗するだけの能力は、私ごとき一介の上級魔道師にはありません。これは、謙遜でもなんでもありませんよ。魔道師の力というものは、きわめてはっきりした等級だし、そのパワーも、一ルーン、百ルーン、というようにはっきりと測定して数字で出してしまえるようなところがありますから、自分より力が上の魔道師には、決してかなわないし、自分より力が下なら決してやられない、というのはもう、きわめて単純明快な事実なのです。それがくつがえるのは唯一、片方の力で劣っている魔道師が、誰かきわめて強い精神エネルギーを持っているものをいわばうしろだてというか、付属機関として、それのエネルギーをおのれの出力に使ってたたかった場合ですね。だからこそ、魔道師たちは誰もかれもが、この世でいまだかつて見たこともないくらい強大なエネルギーを所有していると思われる、ケイロニア王グインを自分のものにしたがるのですよ。グインのエネルギーをおのれのものとして出力に使えれば、私だってたぶん、キタイの竜王とだってあるていど互角に戦えるのではないかという気さえするほどですからね——ん……」

ヴァレリウスはまた、ふいにいささかの衝撃をうけたように考えこんだ。

「そう考えると……確かに、あなたの……グインを味方につけてくれ、というお考えは決して捨てたものではありませんが、しかし――」

「いますぐとはいわないから、それについても考えてみてくれないか、ヴァレリウス」

ナリスはおとなしく云った。

「最終的にはどうあっても、そうすることが必要になると思うよ。たぶん、レムスをおさえることに成功しても、こんどはキタイがおのれの出先機関をとりもどしに乗込んでくる可能性だってあるのだから。そうなったらいよいよ、キタイの侵略の野望がその正体をあらわすということになる。――それまでにこちらが内乱を制圧できて、それをむかえうてる体制をととのえていられればいいが、そうでなかったらそれこそパロにとって致命的なことになってしまう。――そのとき頼れるのはイシュトヴァーンのゴーラでもなんでもない、ただひたすら、ケイロニア王グインだと私は思うのだけれどね」

「確かにそれはそのとおりです。でもいまはとにかく、当面の決起のことだけを考えましょう。茶の月、ルアーの日、それで、よろしいのですね」

「ああ」

「間違いなく。もう、それはでは、ルナン閣下たちには折をみて申上げることにしますよ。よろしいですね」

「いいよ。私ももうゆるぎはしない」

「とうとう、ここまできてしまいましたね」

ヴァレリウスはなんでもないようにいった。そして、内心のたかぶりをこらえかねたように、ナリスの手を握りしめた。

「いよいよ、はじまりだ。——御心配なさらないで下さい。私は決して、あなたをただの謀反人になど、させやしませんから」

第四話　闇の瞳

1

室のなかは薄暗かった。窓はすべて、内側から板でうちつけられ、その上から、分厚いカーテンがかけられていたのだ。室のなかは、ロウソクのあかりが一本あるだけで、おぼつかないそのあかりがゆらゆらと、豪奢な寝室の内部を照し出していた。それは、豪奢なふかふかしたじゅうたんと、巨大な天蓋つきの寝台と、そして立派な机と椅子とがととのえられた美しい室であったが、牢獄にまちがいなかった。

荒々しい音とともに、重たい二重扉があいた。それはどちらにも重い錠前が外からとりつけられていて、内側からの出入りの自由は一切なかったのだ。金色の髪の虜囚は、その寝台のかたわらの椅子に、もうずっと同じ姿勢で座ったままぴくりとも動かないでいたが、この荒々しい音をきいた瞬間、びくりとして顔をあげた。みるみる、そのやつれはてた顔に、ぞっとするような何かが走った。

「よう」

扉をしめて、ずかずかと室に入ってきたゴーラ王イシュトヴァーンは、マントもかけぬ軽装だった。アムネリスは、信じがたいほどの嫌悪と憎悪と侮蔑とをこめた氷のような目で彼を一瞥し、口をきこうとさえしなかった。

「飯を食わねえだと？　あんまりいらねえ手間をかけさせるんじゃねえ。いったいこんどはどんな酔狂をおこしやがった。飢え死にして、自害でもする気なのかよ」

「……………」

アムネリスはひとことも口をひらかぬ。お前ときく口はない、といいたげに、重たい黄金色の髪をふりはらって、顔をそむけただけだ。

イシュトヴァーンの精悍な浅黒い、残忍な顔がゆがんだ。

「てめえ。このアマ」

イシュトヴァーンは口汚く云った。

「俺を無視するな。俺は無視されるほど甘っちょろくねえぞ」

「……………」

「お情で生かしておいてやってんだ。もうてめえの国なんざ、ありゃしねえんだ。処刑されてもどっからも助けなんざ来ないんだぞ。そのこともわからねえほど、馬鹿か、お前は。モンゴール女」

「早く、殺すがいい」

アムネリスは憎しみにふるえるような声でようやく口をひらいた。イシュトヴァーンはぺっと床に唾を吐いた。

「てめえの指図なんか受けねえよ。何を勘違いしてやがる」

「処刑したくばいつなりとするがよい。お前は私からこの国を奪った。お前はすべてのものを奪った。もうあとお前が私から奪えるのは、私のこのいのちひとつにすぎぬ。お前が勇気がなく、それを奪えぬというのであれば、私が自らお前の代りにいつなりとそれを奪ってやろうぞ」

「てめえは、殺さねえ、そういっただろう」

ひとたびは、愛し合っているとかりそめにもたがいに口にしあった男女——

それが、ひとたび心と心がかけちがい、にくしみあうようになると、かくも凄惨な地獄図に堕ちて行くのか、と、もしもかたわらから見ているものがあったならば、そう思いもしたであろう。

たがいを、氷のようににらみつけあった、イシュトヴァーンとアムネリスとの目は——イシュトヴァーンの黒い闇の色の瞳も、アムネリスの緑色の瞳も、もはや一片の情も、まして恋情や愛情などかけらさえも残してはおらず、ただひたすらそこにあるのは、やけつくような憎しみと、その憎しみにあって凍った心、ただそれだけであった。

「何度いったらわかるんだ。なんて物分かりの悪いアマだ。てめえは殺さねえ。てめえは俺の女房だ。ゴーラ王妃として、俺のガキを生むまでは殺すわけはねえ」

「私はそのほう如き野盗などの妻ではない」

アムネリスは吐き捨てた。

「私は誇り高きモンゴール公女アムネリス、たとえ暴力をもってはずかしめられるとも、そのほう如き残虐非道の極悪人の情は受けぬ。殺せ」

「うるせえな」

イシュトヴァーンはかっとなった。大股に豪華な薄暗い牢獄を横切って、近づいてゆくと、手をふりあげた。アムネリスは、打たれるのを予想して目をつぶり、歯を食い縛った。だが、イシュトヴァーンは無雑作にアムネリスの腕をひっつかんでつりあげ、ベッドの上に放り投げた。

「何をする」

「てめえにさからわれるのが面倒くせえんだよ」

イシュトヴァーンは野獣のように歯をむきだして、恐しい形相で怒鳴った。

「いまやもう、どいつもこいつも俺の制圧下に入った。俺は名実ともにゴーラ王だ、もうさからう奴は誰もいねえ。マルスの馬鹿もルキウスも誰もかれも俺のもとにちゃんと投降したんだ。あとはいうことをきかねえのはてめえだけだ、バカアマ」

「下司！」

アムネリスはベッドの上に突き倒されたまま、荒々しく怒鳴った。

「外道！」

「俺はこんな片隅のド田舎なんかに、長いこといる気はねえんだよ。これっぽっちもねえんだ」

イシュトヴァーンはなおも鬼のような表情で、寝台のかたわらに立ってアムネリスを見下ろしながら、

「俺は俺の都に帰りてえんだ。アルセイスに——建設中の俺の大事なイシュトヴァーン・パレスに帰りてえ。こんなとこにもう用はひとっかけらもありゃしねえ。もうじき俺はトーラスを出る。てめえは連れてゆく。きょうはそれをいいにきたんだ」

「私はトーラスをはなれる気はない。トーラスから私を連れ出すというのなら、殺して私の死体を持って参るがよい。どうしてもというのなら、私はこの室のなかで首をつる。それもさせぬというのなら舌を嚙む。決してそのほうの思いどおりにはならぬ」

「面倒くせえことを抜かすんじゃねえといってるのが、わからねえのか」

イシュトヴァーンは手をふりあげて、アムネリスを打った。アムネリスは頰をおさえて倒れたが、涙ひとつそのかわいた緑の凄惨な目には浮かばなかった。

「自殺なんかさせるもんか。てめえはゴーラ王妃としてアルセイスに連れてゆくんだ。そこで俺のガキを生め。ちゃんと男の子を生んだら、そしたらそのあとは好きにさせてやらあ。死にたきゃ勝手に死ね。トーラスに戻って泣き暮らしたいのなら勝手にしろ。てめえなんかにゃ興味はねえ。俺はてめえの腹のなかのガキが入り用なんだ」

「下司！」

また、アムネリスはありったけの憎悪をこめて吐き捨てた。

「なにほどにも、こたえねえな。てめえが健気らしく毒舌を吐いてるつもりでもよ」

イシュトヴァーンは毒々しく云った。そして、いきなり、アムネリスのえりをつかんでそのからだを持上げた。

「なんだって、飯を食わねえんだ。手間をかけるんじゃねえ。飯を食わなけりゃ、腹のガキがひもじがるだろうが」

「………」

アムネリスは爛々と憎悪に燃える目で、イシュトヴァーンをにらみかえす。イシュトヴァーンはふんと肩をすくめた。

「俺は前からてめえが嫌いだった」

つぶやくような声が、イシュトヴァーンの口から洩れた。

「いつもいつも、てめえだけが悲劇の主人公みたいな面をしやがって、自分のことしか考えてねえで——いつだって、てめえの都合で男を引っ張りまわしやがって。てめえなんか、ちょっと美人だろうが何だろうが、いい女でもなんでもねえや。モンゴールの公女でなかったら、誰一人はなもひっかけるもんか。女ってのはな、つらや御身分なんかじゃなくてよ、心意気ひとつなんだ。どんなに美人を鼻にかけてようが、てめえなんざ、男にいとしい気持をおこさせることもできねえスベタなんだよ。どスベタ」

「汚れた手でモンゴール公女にふれるな」

アムネリスは気丈に怒鳴った。

「おのれごとき、男娼の野盗などがふれてよい身ではない。下がりおろう、下郎」

「面白えことを抜かすじゃねえか」

イシュトヴァーンは、あやしく目を輝かせながらいった。

モンゴールがゴーラ軍の制圧下に入り、モンゴール大公国が事実上中原から姿を消した、この短い激動の期間に、イシュトヴァーンの顔ははっきりと人相が変ってしまっていた——それは、イシュトヴァーンの周辺にいたものなら、誰しもが気づいていたが、おそろしくて口にできぬことだった。むろん、何も理由もなく目鼻立ち造作がかわってしまうはずもなかったが、ひとの顔などというものは所詮、それがどのような表情を浮かべるかによってまったく印象の変ってしまうものなのだ。

そして、イシュトヴァーンという男がもともと、奇妙に、その時期その時期で——ということはそのときどきの彼の精神のありかたや、おかれている状態でもって、ひどく顔かたちが違ってしまう、というか、違う人間のように見えるところがある、というのはまぎれもない事実であった。

それは顔がそうみえるというだけではなく、人格そのものが変動してしまって、その結果として顔立ちまでも変ってみえてしまう、というのも事実であったのである。じっさい、イシュトヴァーンほど、そのときどきによって、回りの人間に違う印象をあたえている人間も珍しかっただろう。通して彼のそばにいる人間にはほとんど、何人ものイシュトヴァーンがいるようなとまどいさえも感じさせたが、当時のことで多重人格などということばも概念もまったく知られていなかったから、みんなただ「非常に気分のむらの激しい人」とか、「まるで何人ものイシュトヴァーン将軍がいるみたいな」というような感想をもつばかりであったが。

ともあれ、イシュトヴァーンはかなり短期間でもそうやって人格の入れ替わりというべきものをおこすことがあり、それにたいしては、彼自身のほうもかなりのとまどいを感じていないわけでもなかった。じっさいのところは、そうした人格の入れ替わりのしりぬぐいをせねばならぬのは当然のことながら、彼自身であり、だもので、彼のほうは、「いったい俺は何をしでかしたんだろう」とか、「あのとき、いったい何を考えていたんだろう」とか、「俺は正気だったのか？」などと悩んでしまう、ということも決して本当は珍しくもなかったのである。ことに、かっとなると彼はほとんど理性を失ってしまうことが多かったが、そのときにしたことやいったことはのちに別の状態で思い出すとぷっつりと記憶が跡切れていて、どうしてそんなことになったのかまったく理解できない、ということも多かったのだった。カメロンの策略にのせられてアムネリスと結婚してしまったときもそうだったし、フロリーを抱いてしまったときも、また戦闘状態に入っているときにはほとんどたいていのとき、彼はじっさいにはそこで自分がどんなふうに戦ったか、どうやってひとの肉を叩き切り、骨をへし折り、首をはね、血を流したか、まったくといっていいほど覚えていなかった。彼が記憶しているのはただ、目の前が真っ赤に染る瞬間と、それにつづく異様な昂揚した、時間がとまってしまったかのような状態だけで、それは彼には、異常な興奮と、かえってセックスやふつうの人間づきあいなどでは絶対に感じられることのない性的な満足感をもたらしたのだ。それにちょっとでも近い陶酔感を彼にあたえることのできるものはほかに、大酒を飲んで酔い痴れてしまうときや、あるいは非常な危険な状態で綱渡りのような冒険をしているとき、あるいはばくちをしているときくらいに限られていたのである。

その彼の異常ともいうべき性癖というか、気質にも、だが同情すべき点はないわけではなかった。というのも、もともと彼はチチアの酒場女の私生児として生まれた上に、その母親もすぐに死んでしまって、あちこちたらいまわしにされ、老いた博奕打ちだの、娼婦たちだのになかばおもちゃにされながら面倒を見られて、育てられたというよりは勝手に育ったのであった。父親にいたっては、カメロンのことばにもかかわらず、イシュトヴァーンのほうは、いまだに顔も知らない状態であるし、カメロンがどれほど「自分が父親かもしれない」と人前でくりかえしてみせても、イシュトヴァーン自身のほうは実はまったくそんなものを信じていなかった。というのは、カメロンがいうように、イシュトヴァーンの母親であった酒場女と、カメロンがつきあっていた、などという事実は、イシュトヴァーンの知っているかぎりではありはしなかったし、イシュトヴァーンはいつカメロンとはじめて会って、それからどういうふうにカメロンとの仲が発展してきたかよく覚えていた。そのときにはまったくこれっぽっちもカメロンはイシュトヴァーンと血のつながりがあるかもしれない、などということは口にもしなかったし、ほのめかすこともなかったのである。

それに、カメロンはイシュトヴァーンを幼いころから見込んでいて、跡継ぎとして養子に迎えたい、とはしょっちゅう口にしていたが、もしもちょっとでも血のつながりのある可能性があったら、敏腕のカメロンのことだから、そんなふうにイシュトヴァーンの意志がかわるのを待っていることもなく、ただちに実子として迎える手続きがとれたはずであった。そうしなかったということは、カメロンはチチアの酒場女イーヴァとは何のかかわりもないし、カメロンが自分をしきりと養子に欲しがる、ということの理由を、イシュトヴァーンはむろん彼なりに、彼流に——というか、チチア流にというべきか、判断したのだった。まあ、チチアではというか、ヴァラキアでは特に珍しくもないことだったのだ。

だから、イシュトヴァーンは、父親を知らぬ。顔も名前も知らないし、だから父にたいする憧憬も持ってはいない。三歳のときに死んでしまった母親にたいしても、ほとんど記憶もなかったし、慕わしい気持も残ってはいなかった。つまりは、イシュトヴァーンはこの世のなかに、自分の生まれてきたおおもと、として感じられるたしかなよりどころがひとつもなかったのだ。

きわめて幼いうちから、そういうよるべない孤児の身の上として、人手から人手へ、ひとの情から情へと転々として生きてきた育ちがイシュトヴァーンにもたらしたものは、その不敵でしぶとい自負とはおのずと別に、じっさいには、かなり女性的とさえいっていい受身な感覚であった。受身、というと語弊があったかもしれないが、じっさいには、イシュトヴァーンには、安定した人格が発達するだけの背景さえ与えられなかったので、彼は、逆に、与えられた次々うつりかわる環境や、目のまえにあらわれる人間の心をすばやくつかむため、その相手のもっとものぞむような人格を身につける、そういう鋭敏さと、変り身の早さを覚えてゆかねば生きてゆけず、その結果として、彼のこの、たえずうつりかわり、目のまえの、いま彼がもっとも興味をもっている人間の望むとおりの人格であろうとする無意識の働き、といったものが――そして同時に、それにたいする激烈な反発と葛藤とが、根強く植え付けられてしまっていたのだ。

だから、彼は、小さな真面目なヴァラキアのヨナの前では、真面目に勉強して文字を覚えようとする向学心のある少年になったのだったし、彼を養子に欲しがって追いかけまわしていたかつてのカメロンの前では、おのれの魅力を確信している美少女のように気まぐれな、我儘で驕慢な魔性の猫になったのだし、そして小さなフロリーの前では男らしい荒々しい英雄に、崇拝するナリスの前ではひたむきに野望に燃える若者に、そして野盗仲間たちの前ではタフで陽気な悪党の首領に――マルコの前ではざっくばらんな海の兄弟に、いくらでも変貌をとげたのであった。それも、彼は少しも相手にあわせて自分が変貌しているなどと意識していたわけでさえなかったし、また、自分が変貌していること、というかもともと、自分にはおおもとになる確固たる自我というものが欠落しているのだ、などということにだって、むろん、気がつくいわれもなかった。もしそんなものに気づけるのだったら、もうちょっとは、そういう自分のなかの病気にふりまわされずにもすんだだろう。

彼のほうは自分では少しも変っているなどという意識もなく、いつも「俺はヴァラキアのイシュトヴァーンだ！」というだけのつもりでいたが、はたから見ると彼くらい、ありとあらゆる百面相に変貌をとげる存在というものはそういるものではなかった。そして、彼は、誰かの強烈な感情をむけられると、それが正の感情にしても負の感情にしてもそれにこたえずにいられず、同時に、こたえればこたえるほど、そのことに対して反発し、その感情を裏切りたい、という強く苦しい葛藤をひそかに味わうのだった。その彼の葛藤は、アムネリスに対してもっとも強烈に、端的に発揮されたが、彼は、その不幸な育ちのためであったのは間違いないのだからおおいに同情の余地があったとはいえ、その意味ではきわめて危険な人物でもあった。彼は、誰かを好きになると同時に、あるいは誰かの強い感情をむけられると同時に、その相手のこうであろうと期待するとおりのおのれを無意識にこしらえあげてしまい、それと同時にそのおのれにひどく反発して、まるで相手に縛りつけられているように感じるのだった。アムネリスは特に強く彼にそういうことを感じさせる相手であったが、カメロンに対しても、アリに対しても——これはまったく強い感情といっても負のものであるのは間違いなかったが——本当のところは彼の感情は同じように動いていたので、ことに、アリに対しての彼の激しい反発や必要以上に強い憎悪と、結局アリを殺してしまったことは、アリに欲望の目をむけられているとどうしても反射的にどこかしら、突き放しているようでいてそれに媚びた態度をしてしまわずにいられない自分に対する恐しく激烈な葛藤にほかならなかったのだろう。

結局のところ彼は愛に飢えた孤児だったのであり、ひとの愛情と庇護を手にいれるために、そうやって相手にとって価値のある存在でなければならず、そしてそのことをつよい屈辱に無意識は感じていたのであった。この葛藤はきわめて危険であった――ことに、それが、彼のその、すさまじい破壊衝動や嗜虐の衝動と結びつくと、容易にそれはおそるべき殺人鬼の素質となり得たのだったが、彼のほうは、時代も時代であったし、おかれた環境も環境であったから、おのれの戦場での行動が異様だ、などとは少しも気づかず、ひたすら、おのれを軍神のように勇敢な、戦うのが好きなきっすいの戦士、として感じていたのであった。

だが、そんなわけで、彼のその内心の葛藤や発作や意識されぬ苦悶は、すべてその心理の動きほど複雑ではない彼の外見にそのまま反映し、そのときどきに彼を、そのたくましい長身のきたえた体格にもかかわらずひどく弱々しげに、病的なくらい悩ましく見せたり、逆に必要以上に粗暴で粗野にみせたり、あるいはまた陽気で親しみやすい顔に見せたりしていたのであった。そして、こんどのこのモンゴール制圧ほどに、彼にとって、魂の底までも食い込んで葛藤をかきたてたものはなかったのだから、それが彼の顔立ちに反映しなかったらむしろ不思議だったかもしれない。

考えてみれば、アムネリスのほうこそ、イシュトヴァーンに対してどれほど激烈で熾烈な憎悪をむけても何の不思議もなかったし、イシュトヴァーンが彼女に加えた仕打ちのことを思ったら、誰しもがそれを当然だと思っただろうが、イシュトヴァーンの側がそこまでアムネリスを憎む理由というのは、じっさいにはありはしなかったのだ。ひどいことをしたのは一方的にイシュトヴァーンのほうであった――彼は彼女をだまし、裏切り、あざむき、たたきのめし、そしてわけもなくその心と真実な愛情をふみにじったのだ。だが、そうであればあるほど、イシュトヴァーンのアムネリスへの感情は激烈なものになっていた――それはおそらく、そうとでもならなくては、おのれのした仕打ちがいかに非道でむごいものであるかを自覚して、激しい自責にかられねばならなかったし、そしてイシュトヴァーンには、もしもそうなってしまったら、もう生きてゆけないほど、自責にかられるべき罪がつもりにつもっていたからだったろう。

彼は、アムネリスからどれほど抗議され、うらまれ、憎まれても何のいいわけもできないからこそ、逆にアムネリスを憎みかえし、わけもなくいっそう冷たい気持になることで、自分を守るしかなかったのだった。だがそんなイシュトヴァーンの心のはたらきを読み取れる人間がこの時代にいたとしたら、せいぜいアルド・ナリスくらいなものだっただろう。ましてアムネリスはきわめて単純明快な、どちらかといえば平均よりずっと素朴なモンゴール人の典型である。そんなややこしい心の葛藤の結果をおのれがあびせかけられているのだとは夢にもうかがい知ることもできず、ただひたすら、アムネリスは憎悪と侮蔑と身震いするような嫌悪の目で、いまとなってはこの世で誰よりも憎んでいる夫を凝視していたのであった。

その彼女の目にうつった、最も新しいイシュトヴァーンとでもいうべき男は、こんな外見をした男であった――たけ高く、たくましく、広い肩幅と長い首と、体格のわりに細くしなやかな長い手足と小さな頭をもち、面長で、残忍きわまりない、物騒な目つきと、いつなんどき腰の剣をひきぬいてわけもなくおどりかかってくるかもしれぬ、という、ひどく不安定で狂暴な印象を与える浅黒い、悪魔のような苛立った顔をした男。

おそらくもう、いまのイシュトヴァーンには、《美しい》という形容詞は何ひとつあてはまらなかった。顔かたちはもともと端正だったし、あるときには非常な美男子といっていいくらいな印象さえ与えていたイシュトヴァーンだったが、いまの彼は、獰猛な巨大な野犬のように、むしろ醜い、とさえいいたいくらいな——といってむろん、それはアリとか、不幸なサイデンのようにもともと不細工な人間のもつそれとは決定的に異なって、ごく精神的なものだったが——感じを見るものにあたえた。すぐにむきだされる歯、めくれあがるくちびる、そしてことさらに荒々しく乱暴で瀆神的な動作とことばづかい、血走った目——そしてわざとのように残忍で粗野な皮肉っぽい微笑。

アムネリスは、そのすべてを、身震いするほど激烈な嫌悪の目でみた。おのれがその男に抱かれ、愛していると口走り、そしてその男と結婚して、その男の子供をみごもったのである、ということが、悪夢としか感じられなかった。何ひとつ、目のまえの、浅黒い肌と黒い長い髪、そして黒い残忍なあざわらうような目をもつ、みるからに残酷な悪党づらの男と、モンゴールの公女であるおのれ自身とのあいだには共通したものなどありはせず、むしろこの世でもっともかけはなれ、へだたった、何ひとつ共有するものなどない二人であった。そして、その男の血にまみれたたくましい手が、彼女と彼女の愛する祖国をふみにじり、たくさんの人々を血の海のなかに切り倒し、そしてついにモンゴールを永遠に地上から失わせてしまったのであった。ゴーラ王を名乗る彼は、アムネリスにとっては、いまやただの、おぞましい簒奪者、血まみれの野盗の首領であった。

アムネリスは激しく身をふるわせた。

「出てゆけ」

彼女はあえぐようにいった。

「そのほうなど、目にするさえけがらわしい。出てゆけ。私を処刑するがよい——そのほう如き下司外道にできることなど、それだけにすぎぬわ」

2

「何だと——」

イシュトヴァーンはするどく云った。その目が残忍に細められ、そしてアムネリスの強情な白い顔にすえられた。その細めた目のなかに赤い狂気のような怒り、相手も原因もわからぬほどに強烈な、狂ったような瞋恚が燃え上がってくる。

「てめえ、俺を挑発してんのか。俺を怒らせてえのか、アマ」

「聞き苦しい。口汚い野盗め。そのほうなどと同じ室の空気を吸うさえけがらわしいといっておるのだ。去れ」

「俺を怒らせりゃ、俺がかっとなって、お前を切るだろうとでも思ってんのか？　ご生憎様だな」

イシュトヴァーンは獰猛に歯をむきだして笑った。なんだかおそろしい人食いを覚えてしまった猛獣のようにみえるその笑いは、以前の彼はほとんどしなかったような笑いであった。

「俺はそんな手に乗るにゃ、あまりにも頭もいいし、ぬけめもねえんだ。うるせえアマを黙らせるにゃ、ブチ切るよりもっといい方法があるんだぞ。知ってんのか」

「下郎！」

アムネリスはイシュトヴァーンの顔に唾を吐きかけた。

イシュトヴァーンは手をのばして、アムネリスの頬をひっぱたき、それからいきなり、怒りにまかせてアムネリスの部屋着を引き裂いた。

「何をする。下郎」

アムネリスはみどり色の目を爛々と燃え上がらせた。イシュトヴァーンはアムネリスの抵抗をものともせず、部屋着をひきはがし、卵のように白い肌をあらわにむきださせてしまった。

「はなせ」

アムネリスは絶叫した。

「私にふれるな。誰か——誰か！」

「誰もくるわけがあるか。きさまは俺の女房で、俺がどう料理しようと誰一人口を出すものなんざいやしねえんだ。このどスベタ」

イシュトヴァーンはありったけの憎悪を叩きつけるかのように、食い縛った歯のあいだから罵りをなげかけた。アムネリスはそれでも屈伏しようとはしなかった。

「お前の自由にされるほどなら、舌を嚙みきって死んだほうがマシだ！」

「してみろよ。ええ？　してみろよ。これでもできるもんならやってみろ」

イシュトヴァーンは無雑作に、引き裂いた服のきれはしをアムネリスの口に詰込んだ。そして、牝虎のように暴れまわるアムネリスのからだをおさえこみ、その両足を残酷に両側におしひろげた。彼の鍛えた力にとって、アムネリスが普通の女性よりも少々大柄だろうと、普通よりもかなりもともとは武道もたしなんでもいれば、筋肉もついていたといっても、そんなことは何ひとつ問題にもならなかった。まったく無駄な贅肉がついてない上に、すらりと背が高いので、衣裳をつけていれば細身にさえみえたが、彼のからだは、軍神と呼ばれるほどの戦いぶりをみせる、中原でさえ指折りの戦士の鍛えぬいたからだだったのだ。アムネリスは狂ったように暴れ、イシュトヴァーンの腹を蹴り上げようとし、激しく金色の頭を振って自由にされまいともがき狂ったが、イシュトヴァーンはものともせずにアムネリスをおさえつけてしまった。彼はアムネリスの胸に膝をのりあげて、牝虎さながらに暴れ、目を爛爛と狂おしく光らせているアムネリスの抵抗を封じると、いきなり手をふりあげてアムネリスの頬を打った。それから反対側の頰を、それからまた左の頰を、多少手加減はしていたものの、執拗な残忍さを楽しんででもいるかのように、何十回も彼はアムネリスの頰を殴った。

さしものアムネリスも、その衝撃にこらえきれず、いくぶんおとなしくなった。イシュトヴァーンは荒々しく服をはだけ、アムネリスの上にのしかかった。犯される、と感じた瞬間、アムネリスはまたしても、さいごの気力をふるいおこすようにして暴れはじめた。

「なんて、気の強いアマだ！　気でもふれてんじゃねえのか、この、狂いネコめ！」

イシュトヴァーンは呆れかえって罵った。そして、しゃにむにアムネリスの下肢をおしひらき、受入れる準備もできていよう筈のない彼女に力づくで分け入った。アムネリスが思わずこらえかねて苦痛に身をのけぞらせた。イシュトヴァーンはさらに残忍に彼女を侵し、叫び声を封じられた彼女に苦痛の呻きをあげさせた。彼女が妊娠していることも、それがおのれの子供であることも、何ひとつイシュトヴァーンの心をやわらげる役にはたたず、むしろかえって彼を残酷にするかのようであった。彼は荒々しくアムネリスのからだをむさぼった──若く健康でたくましいにもかかわらず、じっさいには、戦闘と野望にとりつかれすぎた彼は、これまで、何か彼女の気持をやわらげようとか、ごまかそうとか、そういう下心のあるときにしか、彼女にその、チチアで鍛えた手練手管をむけることをしなかった。まるで出し惜しみをするかのように、彼はあまりアムネリスを抱かなかった──それだけに、アムネリスは、たまに彼との激しい愛の行為をかわすときには夢中になってそれに溺れ、それで彼のねらいどおりにずいぶんといろいろなことをごまかされたり、気持をやわらげられたりしてしまってきたのである。だが、いま、彼は、まるで意地になったように激しくアムネリスのからだを犯したが、アムネリスは何ひとつ感じることさえないように──苦痛以外、何ひとつからだのなかにきざしてくる感覚などない、というかのようにかたくなにからだをとざし、かわききったひとみで彼を見すえたまま彼に犯されていた。彼は意地になってありったけの鞭撻を加えたが、彼女は何の反応もしなかった。それは、じっさい、愛の行為でもなければ、性のいとなみでさえなく、憎しみあう男女が性と肉体を通して熾烈なたたかいをかわしているすがたでしかなかった。ついにだが、屈伏したのは、イシュトヴァーンのほうであった。アムネリスのからだから、ごくわずかにでも反応をひきおこすことをついに断念する

と、彼は苛立たしげに激しく彼女を突き刺し、荒々しくおのれの欲望を彼女に注ぎこんだ。そして、そのまま、乱暴に彼女をつきはなすと、ものもいわずに身づくろいした。

「こんな石みてえなつまんねえ女を、これまで抱いてやってたかと思うと、自分が勿体なくてへどが出らあ」

イシュトヴァーンは、ひたすら、傷つけてやりたい、という激烈な衝動にかられて、残酷に云った。そして、そのまま、きびすをかえすと荒々しく、室を出ていった。

錠のおろされる音が耳をつきさすようにひびいた。アムネリスはまだ全裸のまま、寝台の上に、引き裂かれた部屋着の上に、両足をぶざまにひろげたまま身じろぎもせずに横たわっていた。その目はかわききって涙ひとつなく、その顔は強いられた屈辱に紅潮していたが、そのからだのほうはそれとはうらはらにまさしく石のように冷え切っていた。

イシュトヴァーンの凌辱は、彼女のからだにかなりの苦痛をあたえ、裂傷をあたえていたが、彼女はまるでいっそそのいたみさえこころよいかのように、かわいた笑いをもらした。そして、口につめこまれた布をのろのろと吐き出した。それは唾を吸ってどろどろになっていただけではなく、血で染っていた——あまりにもつよく歯を食いしばりすぎていたので、出血してしまっていたのだ。彼女はそのままの姿勢で長いあいだ、ただ宙にうつろに目をすえていた。汚されたからだをおこすことも、下肢をあわせてからだをかくすことさえも、思いつきもせぬかのように、壊れた人形のように彼女は空中をにらみすえていた。その目のなかには、恐しいほどの憎悪と、もう二度と消すことのできぬであろう絶望とだけがあった。

彼女の唇からただひとたび、痛烈なつぶやきが洩れた。

「下郎——！」

と。

イシュトヴァーンのほうも、力づくで奪ってはみたものの、何の反応も得られぬ女に、後味がよいはずもなかった。彼の目はいっそう苛々とした、昏いいやなものをたたえ、無理やりに欲望を吐き出しても、満たされておだやかな気分になるどころか、その胸の奥にもからだの芯にも、うずうずとした狂おしいどろどろとした激情のかたまりが渦巻いているばかりであった。

彼は大股に回廊をわたり、アムネリスを幽閉しているかつての大公宮の一画から、ゴーラ軍首脳部が占拠している将軍宮へ戻ってきて、やっと多少ほっとした。ばかなことをしたのかもしれぬ——と思う気持も圧殺している。いまの彼に誰かがうかつに声をかけたら、その場で剣をぬいて切り殺してしまったかもしれぬ。それほど彼のなかに鬱屈するどろどろしたものがうずまいていた。

（くそ）

（いっそ殺してやりてえ……）

（あのアマめ……大嫌いだ。……畜生っ、無性に誰か、殺してえぞ……）

物騒に目を爛々と輝かせてただひとりで歩いてゆく彼に、つきしたがう小姓も当直の騎士もない。彼が、「ついてくるな」と怒鳴ったのだ。将軍宮に入ると、そこにはゴーラ軍の騎士たち、将校たちがたくさんいた。かれらは王に挨拶しようとあわてて顔をあげたが、イシュトヴァーンのようすをみると、これはどうもやばそうだと判断して、あわてて、廊下の両側にひざまづき、黙って国王への礼をするにとどめた。イシュトヴァーンはそれに返礼もしなかった。

ずかずかと歩いて自分の室に戻るまで、イシュトヴァーンはろくにまわりを見もしなかった。自分の室に入ってよろいをひきむしり、楽なゆったりしたシルクのシャツとズボンだけの姿になって寝台に身を投出すとようやく、イシュトヴァーンは多少ほっと息をついた。が、すぐに、手を叩いて小姓を大声に呼び立てた。

「何してる。陛下のお呼びだぞ。早くこねえか。酒だ。酒をもってこい。それから」

イシュトヴァーンはちょっと考えた。それから、激しく何かをふりはらうように怒鳴った。

「カメロン将軍をお呼びしろ。陛下が緊急のお召しだといえ」

「かしこまりました」

モンゴールにきてから——いや、あの流血の惨事以来、ずっと、小姓たちはひどくイシュトヴァーンをおそれている。ずっとイシュトヴァーンが苛々して、ひどく気まぐれで怒りっぽい態度をとっているからだ。それに、へまをしてことばをかえして、殴り倒されて歯をへし折ってしまったものもいた。すごい勢いで小姓たちはふっとんでいった。

かるいノックの音をきいて、イシュトヴァーンは思わずびくっと身をふるわせた。入ってきたカメロンは、奇妙な目で、その、寝台の上に大の字にひっくりかえっているイシュトヴァーンを見つめた。奇妙な——醒めた、といえばいいのか、それとも、醒めていてしかも悪夢からさめられぬ者のような、といったらいいのか、苦悩をはらんだ、一種いたましい目であった。

「どうした。具合が悪いのか」

カメロンの声をきくなり、イシュトヴァーンのからだから、ほっと緊張が抜けた。

彼は、(お呼びになりましたか、陛下)という冷たい反応がかえってくるか、それとも、このような以前と同じ親しげな反応がかえってくるのか、無意識に猛烈におそれていたのだ。これまたイシュトヴァーンが悪かったのだが、カメロンに一歩——いや、十歩以上も退かれたことが、しだいにイシュトヴァーンには重たくのしかかり、それもまた彼を激しく苛立たせる一因になっていたのだった。だが、カメロンのほうは、おのれの感じたすべての絶望と苦しみをかろうじて乗り越えて、そうしたイシュトヴァーンの気持も理解できていたので、もう、それがイシュトヴァーンをどんどん追い詰めることになってはとおそれて、そういう態度をとることはやめてもとどおりに接しようとつとめていた。とはいえ、剛毅で一本気なカメロンの気質にとっては、イシュトヴァーンほど愛している相手に対してあってさえ、決して許せないことを相手がした、ということを本当には、完全になかったことにできるかどうかはかなり疑問だったのだが。

「どうした、イシュト。具合が悪いのか」

返事はなかった。ちょっと本気で心配になったカメロンが、寝台に近づいたとたん、イシュトヴァーンは手をのばして、カメロンの首っ玉にかじりついた。

「何をしてる、イシュト」

「俺、淋しいんだよ」

イシュトヴァーンは、カメロンに抱きついたが、カメロンが苦笑しながらその手をはずしたので、不服そうにベッドの上にひっくりかえった。

「あんたが冷たくするからさ。また、お呼びでございますか、陛下、とかいわれるかと思って、生きたここちもしなかったぜ」

「馬鹿なことを——また、飲んでるのか?」

「正確には、また、これから飲むのか? だよ。一緒にやるか?」

「俺は忙しいんだ」

「だから、冷たくするといったじゃないか」

イシュトヴァーンは不平そうにいった。さきほど、アムネリスを残酷に組み敷き、乱暴に凌辱していたのと同一人物とはとうてい思えないような、妙に子供っぽい声の調子と、それに顔つきまでもいくぶん、以前の彼に戻っているようだった。

「なあ、俺、もうトーラスなんて下らねえとこにはとことんうんざりしたんだよ。アルセイスに戻ろうよ。ここはもう飽きたんだ。それに、俺はイシュトヴァーン・パレスのことが心配で心配で、あれっきりどうなってるか、工事人足のごろつきどもが手を抜いてんじゃねえか、進行が予定より遅れてんじゃねえか、何もかも気になって気になってたまらねえ。毎晩夢ばかし見てるんだ。なあ、カメロン、アルセイスに帰ろうよ」

「俺はかまわんがね」

カメロンは困惑したように云った。小姓が遠慮がちにノックして入ってきて、酒のつぼと杯を二つ、テーブルの上においていった。

「だが、こっちの後始末だって、つけてゆかんわけにはゆかないだろう。お前ときたら、トーラスのことは指一本あげたくないという態度だから俺がみんな――」

「わかってるって。あんたがいなけりゃ、俺は何ひとつまともにやっちゃゆけないよ、カメロン」

イシュトヴァーンはずるそうに云った。そして火酒を杯にそそぎ、うっとりとそのにおいを楽しんでから、妙に満ち足りたようすですすった。カメロンはそのようすを顔を曇らせて見つめていた。

「せっかく、アルセイスでいっとき、酒がかなり減ってたと思ったんだが、また、じりじり増えてるらしいじゃないか。イシュト」

カメロンは悲しそうに云った。

「いくら若いといっても、必ずいまにからだを駄目にするぞ。――などといったところで、どうせお前はききゃしないんだろうが――」

「やっと前のあんたに戻ってくれたと思うととたんにお説教か」

　イシュトヴァーンは云った。アムネリスといたときに比べれば多少は顔が穏やかに戻ったとはいっても、おおもとが大きくかわっていることはぬぐうすべもなく、暗くおちくぼんだ目もとも、こけて頬骨が高く見える頬も、みなどこか、前の彼の持っていた無邪気さや陽気さを完全に失い、暗く、獰猛な、物騒な印象がかわってつきまとっていた。カメロンはなんともいえぬ悲しそうな目でそのイシュトヴァーンを見つめた。

「だがお前がどうしてもそろそろトーラスからアルセイスに戻りたいというのなら、それには反対はしないよ。どちらにせよ、アルセイスもまだもろもろの仕事が全部途中でとまってしまっている。だったら、俺がトーラスに残って、お前がアルセイスに戻るということでは――」

「なんだって」

　かっとなって、イシュトヴァーンはベッドの上にはねおきた。

「なんてことをいうんだよ。あんた、俺から逃げようってのか」

　はからずも出てしまった本音、というようにきこえた。カメロンは眉をよせてイシュトヴァーンを見つめた。

「何をいってるんだ。イシュト」

「だってそうだろう。あんた、俺に惚れてるんじゃなかったのか。俺ひとりでアルセイスに帰して、あんたがトーラスに残ってどうしようっていうんだよ。あんたまさか、あのバカアマに惚れてたなんてわけじゃねえよな。だとしても、そいつぁ無駄だぜ。俺はアルセイスに帰るとき、あのアマも連れてゆくつもりだからな」

「何をいってる」

あきれて二の句もつげないようにカメロンはイシュトヴァーンを見つめた。イシュトヴァーンは反抗的にカメロンを見つめ返した。

「昔のあんたはもっとやさしくしてくれたのに」

彼は云った。

「俺のためにヴァラキアを捨てて、モンゴールまできてくれて、俺に剣の誓いをしてくれてさ。なんだよ、まだ怒ってるのかよ。だったらどういってあやまったら、勘弁してくれるんだよ」

「何も怒ってなどいないといってるだろう。第一そういう問題じゃないんだ。俺がトーラスに残らないとしたら、いったい、モンゴールをどうするつもりだ?」

「スー・リンにあずけてゆこうかと思ってるんだけど、スー・リンがいないのもちょっとしんどいな。いっそこのままほっちゃっていったらどうだ? あとはてめえらで勝手にくたばりやがれってことでさ」

「悪い冗談をいうものじゃない。マルス伯だっていまのまま軟禁状態を続けるわけにはゆかないんだし、いまのところトーラスの町全体が、流通も止ってしまって、いうなれば準非常時のままという状態になってるわけじゃないか。このまま放置して出てゆくということは、お前、モンゴールの統治は放棄する、というつもりか?」

「そんなつもりはないんだけどな。でも、スー・リンをおいてってても、やつもユラニア人だから……かなりな兵力をおいてってても、マルスあたりが中心になって決起するとたぶんもちこたえられねえな……やっかいだなあ、まったくもう」

「だから、一番いいのは、すでに一応モンゴールにも馴染みがあり、あるていど皆もようすが知れてるこの俺にモンゴールをいったんあずけてゆくことなんだよ。べつだん俺がお前に冷たくするとか、そういう話じゃなく」

「モンゴール大公カメロン閣下か。それも悪くはねえけどな。最終的にはな」

イシュトヴァーンは冷たい目でカメロンを見つめた。

「それがあんたの望みだっていうんなら、それでもいいけどな。でも、それにしても、あんたは俺の宰相になってくれるはずじゃなかったのか。宰相がいねえと、俺がアルセイスで困っちまうんだ」

「俺の望みなんかもう、何ひとつありゃしないんだよ、イシュトヴァーン」

わななくように悲しそうな声でカメロンは云った。

「もう、俺には何ひとつ、望みなんかなくなってしまったよ——モンゴール大公の座になんか、俺が欲を出すようなふうに——そんなふうにお前には見えるのか。もうお前には、何にもわからなくなっちまったのか。イシュト」

「そんなことないったら。なんだよ、また機嫌わるくしたのかよ。ったく、なんだかこのごろのあんたは、すねてる女みたいだと思うことがあるぜ」

「そういうことをいうわけか、お前は」

「嘘だ、嘘だってば。俺も苛々してんだよ。すまなかったよ。——けど、俺、あんたと別れるのいやだな。あんたがいなくなったら、俺、誰に甘えたり、誰と酒飲んだらいいんだよ」

「お前、俺にそばにいてほしいのは、俺に甘えたり、俺と酒を飲むためだけなのか。お前はいまやゴーラ王陛下なんだぞ」

「そんなこた、わかってらあ」

「アルセイスはとりあえずおさまっているし、何も問題ないんだろう。あずけてきた連中でなんとかやっててくれてるようだときのういってたばかりじゃないか。だったら、いまは、モンゴール問題をきちんとカタをつけてからでなくては、トーラスをはなれるのは無理だと思うぞ」

「面倒くせえなあー」

イシュトヴァーンは吐息のような声を出した。

「俺、嫌いなんだよう、この町。——ここにいるとなんだか、少しっつ、少しっつからだのさきっちょのほうからくされてゆくみたいな気がするわ。——こんな気分になるのって、石づくりの町だからかと思ってたんだが、アルセイスでは何もかも楽しくてたまらなかったもんな。——ああ、俺、いつアルセイスに戻れるんだろう」

「戻りたければ、いっぺん戻ってようすを見てこいよ。それに、俺はちょっと気になってるんだが、あのケイロニアの情勢も、確かめておいたほうがいいと思うしな」

「グインのやつ、とうとうケイロニア王に即位したんだってな」

肩をすくめてイシュトヴァーンは云った。

「とんでもねえな。ケイロニアの豹頭王か！——もうちょっとこっちが落ち着いたら、俺、ケイロニアとゴーラの関係というのももうちょっと、安定したものに……できることなら、むこうが受入れてくれるなら通商条約も結びたいし、安全保障条約も結びたいんだがな。やっぱり、イシュトヴァーン・パレスを首都にするんだったら、ほんとにもうケイロニア領は目と鼻だ。ケイロニアからせめこまれねえ、っていう保障がないかぎり、かたときも安心していられやしねえや。ああ、まったく、こんな田舎町にかかずらってるどころじゃねえんだけどなあー。くそ、腹がたつなあ」

「だから、ちょっとだけ、アルセイスに戻ってくればいい。そのあいだは俺が責任をもってトーラスを引き受けて、なんとか少しでもトーラスが安定するようにあれこれ手をつくしてみるさ」

「そうかね」

「ひと月もむこうに滞在してれば、またこっちにきて、それまでにはこっちも落ち着いてるから、そうしたら、総督なりモンゴール大公なりを指名して預けてかえることだってできるようになるだろう。とにかく、いまのままじゃ、トーラスはまったく機能しなくなっちまってる。トーラスはというか、金蠍宮がだな。だからこのままおいとくわけにゃゆかないよ。それはわかるだろう」

「わかるけどな……」

「アムネリスさまがこちらに残ってモンゴール大公としてこちらをおさめてくれるって見通しは、まったくなさそうか？」

カメロンは何も知らずにいったのだが、イシュトヴァーンはみるみるきげんが悪くなった。

「知らねえよ、あんなバカアマが何をどう考えていようと。あんな女——腹んなかに俺のガキがいるんでなけりゃあ、とっくの昔に望みどおり処刑してさかさはりつけにブラ下げてやってるんだが」

「おい、イシュト」

「そんな顔して、『おい、イシュト』なんていうから、俺が、あのアマに惚れてたのかって思うんだよ。——なあ、カメロン、あの女もう、処刑してしまおうか。ガキがいようがいまいが——どうせまたいずれガキはどこかの女に生ませりゃいいんだし」

「ばかをいうなよ。アムネリスさまだから、生まれてくる子供がモンゴール大公家の血をひいてることになる、だから、男の子が生まれれば、その子がモンゴール大公を相続すればモンゴール国民も納得するだろう、とあれほど俺が口をすっぱくしていったのを忘れたのか」

「ああ、参った、参った。忘れてねえよ、何にも」

イシュトヴァーンはごろりと、腕を頭の下に組んであおむけになった。面倒くさそうに目をとじる。その顔は、ひどくけわしく、険がめだって見えた。

3

「もうひとつ、いい手があるな」

イシュトヴァーンは目をつぶって、遠い想念を追うかのようにつぶやいた。これまでとは全然違う、夢でも見ているかのようなうわごとめいた声音だった。

「……」

「殺しちまうんだ」

「え——？」

聞き違いかと、カメロンは眉をしかめた。イシュトヴァーンは目をつぶったままつぶやくように続けた。

「誰もかれも、殺しちまうんだ。……そうすりゃ、誰も……決起しようったって誰も指揮できるやつがいなくなる。マルスもアリオンも、まだとうていできるとは思わねえがルキウスも、むろんアムネリスも……少しでも、モンゴール軍をとりまとめる役にたちそうなやつは片っ端から全員、有無をいわさず切り殺しちまうんだ。そうしたら……もともとモンゴールは指揮官が少ないわけだし、残るは市民とどうしようもねえ文官ばかりだ。それなら、スー

・リンでも、いや、その下のやつでも、もっと若いやつで充分にモンゴールをおさえてゆけるだろう。――で、折をみて、向こうで誰か育ってきたらそいつをモンゴール大公というか――モンゴール総督として派遣する。そういうのでどうだ」
「イシュトヴァーン」

カメロンはぎょっとして云った。

「まさか、それは冗談だろうな。いくらお前でも――本気でいってるわけじゃあるまい。モンゴールに現在残ってる、多少なりとも使えそうなやつを全員処刑してしまうなんて、本気で云ってるわけじゃあるまい」

イシュトヴァーンはうす目を開いてカメロンの蒼ざめた顔をみた。ふいにその口辺に、かすかな、皮肉っぽい微笑がうかんだ。

「もちろん、冗談だよ、カメロン」

彼は猫なで声で云った。

「決まってるじゃねえか。俺は、紅玉宮を全員皆殺しにしたアリの野郎とはわけが違うぜ」

「………」

カメロンは、とても信用できぬ――といいたげな目で、じっとイシュトヴァーンを見つめた。イシュトヴァーンは、ふいにからだを起こして、カメロンを半目で見つめた。

「ここにきて、俺のとなりにきてくれよ、カメロン」

彼はあやしい喉声でささやいた。

「俺を——嫌いになったんじゃないっていうんなら、その証拠を見せてくれ。イヤか」

「イシュト！」

カメロンの声はするどかった。

「そんなことを云ってる場合じゃないだろう」

「冗談を云ってるわけじゃねえぜ」

イシュトヴァーンは云った。またその目はゆるやかにとじて、その青みがかったまぶたのかげに、その暗い情念と苛立ちに燃える夜の瞳を隠してしまった。

「いまは時間が早すぎるっていうんならちょっと飲んでからでも——今夜、泊りにまた戻ってきてくれてもいいや。あんた——もう、俺とそういうことは……イヤになっちまったのか」

「そういう問題じゃないだろう」

カメロンは本当に不安になったように、まじまじとイシュトヴァーンを見つめた。

「イシュト。お前、なんだか、変だぞ。まるで何かにとりつかれちまったみたいだ。いったい——何を考えてる。お前は」

「何も考えてなんかいねえや」

イシュトヴァーンは獰猛に答えた。

「その逆だ。俺は……俺は、何もかも、忘れたいんだ。……何もかも、忘れさせてくれることはできないか、ってあんたに頼んでるんだ」

「イシュト――!」

「いやなのか? 俺はもう、あんたには、チチアの王子だったころと同じ魅力は持ってねえのか。俺は、あんたが可愛がるにはもう、育ちすぎちまったのか?」

「おい、イシュト」

「それともまさか、あの審問委員会で吹いてた、俺の親父だ、とかいうホラを本気で信じてるわけじゃねえんだろうな。あんたはたしか、俺が十六だったあのコーセアの海の上じゃあ、そんなことはひとことだって、おくびにも出さなかったぜ。そうだろう」

「イシュト。昔のことを持出すのはよせ」

「どうしてだよ。あのころ俺とあんたはとても仲良しだった。いまだってそうだろ。俺はそれをたしかめたいといってるだけだぜ」

「だから、そういう問題じゃないといってるだろう。いまはそういうときじゃないし――それどころじゃないはずだ。お前は……」

カメロンは歯をくいしばった。

「お前は、現実逃避をしようとしてるだけだ。俺はそんな逃避の手助けなんかしたくない」

「そうかい」

イシュトヴァーンは肩をすくめた。

「なら、いいよ」

ひどく陽気な――いや、それをよそおった妙に上調子な声だった。カメロンはまた唇を噛んだ。

「だが、そういうときでなきゃ――俺を嫌いになったたってわけじゃない――っていったよな、あんたは。たしか」

「何を云わせたいんだ？　お前は……剣の誓いは――確かめたり、試したりしていいものじゃないぞ。男の、ましてカメロン提督の剣の誓いは」

「わかってるよ」

イシュトヴァーンは云った。そしてもう、すべての興味を失ったかのように、ごろりとベッドの上に横向きになってカメロンに背中を向けてしまった。

「もう、いいよ、カメロン。いっていい。俺をひとりにしてくれ」

「………」

カメロンは、一瞬、何か激しいことばを投げつけるか――それとも、何かイシュトヴァーンの気持に本当にふれることのできることばを探したいかのように口ごもって、何かいいたそうなようすをした。だが、それから、大きく、深い吐息をもらすと、そのまま立ち上がって丁重に国王への礼をし、そして、出ていった。

イシュトヴァーンはじっところがったまま、カメロンの出てゆく物音をきいていた。それから、彼はゆっくりと身をおこして酒のつぼを手にとった。彼のおもてから、すべての笑みは消えていた。彼はけわしいおちくぼんだまなざしを宙にすえて、酒を飲み始めた。彼の黒い瞳は、闇の色に染め上げられ、もう二度とそれ以外の光をたたえることはできなくなってしまった——とでもいうかのように見えたのだった。

どのくらい時間がたったのか、イシュトヴァーンにはわからなかった。

ずっと、酒をつらつら飲みながら、あれこれと苦しい物思いにひたっていたのだ。彼が本当におそれていたのはその、ひとりにされたときにつきあげてくるさまざまな追憶や物思いそれ自体であっただろうが、結局それは彼をとらえ、そして彼を飲みこんでしまったのだった。これまでつねに、彼にとっては最大の防波堤であったカメロンももう、彼を助けてくれる役にはたたなくなったことが、とうとう彼にもはっきりとわかってしまった。おそらく、いつでも——そしていまでもなお、彼をもっとも深く案じ、愛しているカメロンにそうさせてしまったのは、彼自身にほかならなかったのだが。

彼の目のなかによどんでいる深い闇は、彼をとじこめた孤独な、あまりにも孤独な牢獄そのものだった。彼が実際にとじこめたのはアムネリスだったが、それと同時に彼はおのれ自身の感じやすい、かつては陽気で若々しく夢と野望に燃えていた魂を、もっとも深い地下牢にとじこめてしまったのだった。変りやすい心とさだまらぬ自我とを持った彼であってみれば、それは決して殺され、死に絶えてしまったのではなく、たぶん状況さえかわってくれば、また別の——もとの明るく皮肉屋で陽気そのもののしぶとい自信家の彼に戻ることもできただろうし、その意味では、まさしくその彼は——かつてのうら若い傭兵のイシュトヴァーンはただ単に地下牢のもっとも奥深くにとじこめられてしまったのにすぎなかったかもしれない。だが、彼にとっては、そうして自分のもっとも感じやすい部分をとじこめ、とざしてしまうのは、無意識にせよ恐しい苦痛をともなう行為だった。彼は、それをすべて、アムネリスが悪いのだと自分で思い込もうとつとめ、自分のなかではなかばそれに成功していたので、いまもし目の前にアムネリスがいたらただちに彼女を切り捨てかねないくらい、彼女を憎み、恨んでいた。はたからみたらまったくさかうらみもいいところだっただろう。だが彼の頭のなかでは、すでに、アムネリスとの結婚こそ、彼にふりかかったすべてのわざわいの元凶に変換されてしまっていたのだった。

(あいつは……)

イシュトヴァーンはふいにいきなり飛び起きて、ベッドの上で髪の毛をかきむしり、獣のようなうめき声をあげた。

(あいつは、まさか……)

「やつは、カメロンと出来てたんじゃねえだろうな」

イシュトヴァーンはつぶやいた。それから、自分の口にだしたことばとその声に仰天して、はっと目を見開いた。

(そう……なのか……?)

(だったら……ものごとのすべてはつじつまがあうんだ……)

(そうだ。カメロンだ。俺に、アムネリスと結婚しろ、としきりとすすめて……結婚なんかしたくもなんともなかった俺に、アムネリスを愛してもいなかったこの俺にアム公を強引におしつけたのはカメロンだ。……まさか、やつは、あいつの腹の子供を俺におしつけるために——)

(カメロンが急に俺に興味をなくしたのは、アムネリスのせいなんだとしたら……やつらこそ、ゆるしがたい姦夫姦婦ってやつじゃねえか……)

(だが……まさか……)

(いつだってカメロンは、俺のあとばかり追いかけ回してた。そうだ、俺が十一歳ではじめてチチアでやつに会ったときから、やつは、俺に養子になれの、自分のものになれのとアリ以上の執念をもやして俺につきまとい、俺が不始末をしたときにもそのしりぬぐいでもなんでもしてくれ……オルニウス号を譲ってやるから自分の子供になれと毎日のように懇願してたもんだ)

(やつは俺に惚れてるんだ。だからヴァラキアを捨ててここまできた——俺はずっとそう思ってた)

(だけど、俺がいないあいだに——俺がずっとトーラスをはなれてるあいだにもし……アムネリスがあの調子でぐちぐちぐちぐち云い続けて、そいつに相手してやってるあいだにカメロンがついついほだされて……)

(だから奴はもう俺とは寝ない、っていう態度になったのか?)

(それとも、最初から俺はだまされてたのか？　奴のことばも誓いもみんな嘘なんだったら……)

(だったら、許さねえ……二人とも並べておいて叩っ切ってやる。いや、ただ叩っ切るだけじゃあすまさねえ。この俺の最大の信頼をもし裏切ったんだとしたら、俺は絶対死んでもあいつらを許さねえ……)

(この世で一番恐しい死に方をさせてやるぞ……俺を裏切るやつは……俺の信頼を得ておきながら、めったに誰にもやることのねえ俺の信頼を得ておきながら、この俺をもし裏切りやがったんだとしたら……)

(いや、だが、カメロン——あんただけは俺を裏切るなんてわけはねえよな……あんたはいつだって、俺、俺、イシュトヴァーン、イシュトヴァーンだった……あんたには俺しかなかったんだろ……だから、くにを捨て、何もかも捨てて俺のところへきてくれたんだろ……)

イシュトヴァーンの顔が、なつかしいあたたかな追憶にひたっているかのように一瞬ゆるむ——目に、涙のような遠いぬくもりがうかび、そしてまたふいに、こおりつくような地獄の疑惑があらわれてくる。

それをもしかたわらですべてを見ているものがいたとしたら——イシュトヴァーンの脳裏に次々とうかんでは消えてゆく恐しい想念をも見通せるものがいたとしたら、あるいは、(これは、罰だ……)と呻いたかもしれぬ。

(これは、罰だ……ひとにあたえず、信じようとせず、ただひたすら奪い取るばかりであった者への、驕れる者への神の与え給うた罰だ……)と。

イシュトヴァーンは苦悶のあまり吐き気を催して身をよじった。そして自分のかたい筋肉によろわれた胃袋のあたりをつかみ、からだを蝦のようにおりまげて、食い縛った歯のあいだからうめきをもらした。

「カメロン……助けてくれ。カメロン」

激しい苦痛に襲われた幼い子供のように彼はうめいた。

「俺んとこに帰ってきてくれ……でもって俺の頭からはなれねえこんなばかな、イヤな考えをとっぱらっちまってくれ。でねえと俺は――でねえと俺は……」

（信じてるよ、カメロン。いつだって俺はあんたを信じてる……あんただけだ。あんたがもし信じられなくなっちまったら……俺はもう、何もないんだ。この世に何ひとつない……信じられるものは……リーロはアリのガルム野郎に殺されちまった。フロリーは逃げていっちまった……赤い盗賊どもも俺を捨てて逃げていっちまった……みんな、俺をおいていっちまう……あんただけだったのに、俺のとこにきて、いつまでも一緒にいるっていったのは、あんただけだったのに……）

（あんたが俺を嫌いになったら、あんたが俺を欲しくなくなっちまったら、俺はどこにゆけばいいんだ……）

（俺の帰る場所は……）

この地上のどこにもない。

その痛切な思いにイシュトヴァーンは身をよじって呻いた。

（アルセイス――そうだ、俺にはアルセイスがある……あるじゃないか……）

だが、駄目だった。いま、いくらそう思おうとしてみても、それもまた血塗れの惨劇によって、血ぬられた手で手中にしたものである、という事実を、いまのイシュトヴァーンは忘れることができなかった。記憶そのものが彼を告発するのだ――それは、あるいは、フェルドリックの思いがけぬ告発によってかきたてられ、表面に浮かびあがらせられた彼の過去そのものが、彼につきまとい、鬼となって彼を苦しめているのかもしれなかった。

これまではずっと、その糾弾からのがれるために必死でたたかってこなくてはならなかった。だから、その浮び上がったおぞましい過去の罪と正面きってむかいあっているひまもなかったのだ。だが、ようやくこうして、いったん事態がおさまってみると、フェルドリックの告発のみならず、あの恐しい審問委員会の場で告げられた、地獄からあらわれた亡霊のうらみのことばすべてが、イシュトヴァーンの心を八つ裂きにするほどの残酷さでもって、彼をさいなみにかかってこようとするのだ。

彼を救ってくれるべき唯一の女神ははるか遠いマルガにいた――そして、彼が、いったんはさいごの救いを見出したカメロンを、いわば心のなかから決定的にしめだしたのは自分自身であったにもかかわらず、彼は見捨てられてしまった、という、孤児である彼にとっては究極の心の古傷にあらたな毒をぬりこまれた苦悶に呻いていた。

（あ――あ――あ――！）

苦しみにたえかねたように、彼は、もはや酒を口にすることさえ忘れ、よろよろと立ち上がった。吐き気がつきあげ、酒でさえもう飲み下すことができなかった。彼はテーブルや椅子につかまってつたい歩きしながら、目のみえないもののように室をよろめきつつ横切り、テラスに出ようとからだを泳がせた。急激なこらえきれぬ吐き気が彼の胃の腑をよじらせていた。室をよろめきながら横切ってゆく彼の顔は恐しいばかりにむざんだった。目の下にはげっそりと何重にもくまがはかれ、頰はこけ、目は怨霊にとりつかれたものの無限の恐怖と恐慌と苦悶をたたえ——まるで彼自身がすでに亡霊ででもあるかのようなすがたで、彼はテラスに這い出し、激しくそこから外の庭に嘔吐した。

「ウ……アア……」

このところ、あまり健康的に食べてもいないので、それほど胃の内容物もなかった。だが、胃液までも吐いてしまうと、ようやく多少楽になった。彼はうめきながら、テラスから庭におりた。庭には小さな池がもうけられている。その水を手ですくって、彼は口をすすいだ。

「ウ……げえ……」

どん底まで落ちてしまった——

首尾よくいまやモンゴールをも陥れ、名実ともにゴーラ王としての地位をかためた身でありながら、あまりにもうらはらなその苦悩がイシュトヴァーンを襲っていた。彼はびっしょりと苦痛の脂汗にぬれた顔を泉水を手にすくって洗い、服のはしでぐいぐいと拭った。それが高価な絹であることなど、まったく念頭になかった。

ようやくよろめきながら身をおこそうとした、そのときだった。

「父の仇！」

いきなり――

闇が動いた！

「なっ……」

イシュトヴァーンのやつれ、衰えた心ではなく、鍛えぬいたからだが素速く反応した。イシュトヴァーン自身の強いとはいえぬ心よりも、彼のからだのほうがはるかに俊敏で、的確な判断力を持っていたのだ。彼はからだをひらいて、闇にひらめいて彼を切り裂こうとしてきた短刀の銀色の一閃をわけもなくやりすごした。

「誰だ！」

イシュトヴァーンは怒鳴った。闇のなかで、激しい息づかいがきこえ、目が白く光った。

「父の仇！　祖国モンゴールの仇！　極悪人イシュトヴァーン、覚悟！」

「なんだと――」

イシュトヴァーンは興味をそそられた。その声は愛らしい女の声だった。それに、イシュトヴァーンは、戦場できたえぬいた戦闘能力によって、すでにその最初の一撃をかわした段階で、相手の攻撃の力のほどなど、とっくにわかっていた。彼は、わざと誘い込むすきをみせた。また、黒いかたまりがひらめいて、襲いかかってきた。イシュトヴァーンは悠然と身をかわしてとびのいた。

月が雲間からあらわれ、中庭を照し出した。その光が照したのは、小柄な――ごく小柄な、ほっそりとした、黒い服に身をつつんだひとりの少女のすがただった。その手には、鋭利な短刀が握られていた。決死の覚悟がそのまなじりをきれあがらせている。一瞬、イシュトヴァーンははっとした。

（フロリー——？　いや……違う……）

「誰だ。おまえ」

イシュトヴァーンは押し殺した声でささやいた。相手は激しく歯を食い縛った。

「父の仇！　父フェルドリックの仇！　モンゴールをほろぼした悪魔の手先イシュトヴァーン、死ね！」

「あ」

イシュトヴァーンは笑い出した。思い出した。

（あの娘だ。アリサ、そうだ、アリサといった）

忘れているほうが不人情というものだった。彼は彼女の見ている目の前で、彼を告発したフェルドリック、病身で車椅子で審問委員会の席にあらわれたフェルドリックを情容赦もなくのどを裂いて殺し、その死体を投げ捨て、そして気を失ったアリサを人質に連れ回したのだ。どこで足手まといになる彼女を放り出したかさえイシュトヴァーンは忘れていた。

（あ、そうか。……ゴーラ軍と合流できそうだったから、そのへんに適当に放り出していったんだった……あの娘は、憎悪に燃えた目で泣きながら俺をにらみつけていた……）

あの騒擾のなかだ。いちいち、こまごまとしたできごとなど記憶していようはずもないが、彼女のその、涙にぬれた青い目を忘れてしまうのはあまりにも不人情もきわまれりというも

のだった。

「おのれ、イシュトヴァーン！」

アリサはさらに短刀を持ち直した。決死の形相でつきかかってくる。イシュトヴァーンは思わず笑いをこらえた。イシュトヴァーンにとっては、彼女がかよわい、かぼそい少女である上に、武器のもちかたひとつまったくおそわったこともない、しかも本当はまったくひとを殺すだけの勇気などもちあわせてもいない大人しい性格であるらしいことなど、その短刀のかまえかたひとつであまりにも歴然としていたのだ。だが、イシュトヴァーンは、ふと奇妙な気まぐれにかられた。彼は、アリサがよろめきながら短刀をかまえてつきかかってくるのに、よけもしないでまっすぐに立って、アリサの短刀をうけとめた。

「きゃあああ」

悲鳴をあげたのは、アリサのほうだった。イシュトヴァーンのわき腹に、ぐさりと短刀のさきがささり、白いシャツにたちまち血がふきだしてきた。アリサは短刀をとりおとし、両手で口をおさえて立ちすくんだ。みるみるその目に涙が一杯になってきた。

「た、大変」

彼女は思わずも口走ったそのことばで、その決死の行為がどれほど彼女の本性にあわないものであるか、まるまるあきらかにしてしまった。

「ど、どうしましょう、血、血が」

「おいおい」

イシュトヴァーンは吹出した。

「お前、俺をモンゴールのかたき、父のかたきといって、殺すつもりだったんだろう。相手を刺して血が出たといってそんな泣き出していて、いったいどうするつもりだ。お前、何なんだ、いったい」

「ああっ……」

アリサは、イシュトヴァーンのことばなど、きこえているようすさえなかった。

彼女の目はただ、茫然とイシュトヴァーンの白いシャツを染める血潮の色を凝視していた。

そのまま、その目がくるりとひっくりかえり、彼女は気を失って地面の上にくずれおちた。

「おいおいおい」

さすがのイシュトヴァーンも、大声をあげて笑い出してしまった。

「なんだ、この女は。俺を刺しておいて、血が出たからといって気絶しやがるのか。なんてあまだ」

ここは奥まった中庭だし、さっきからイシュトヴァーンがかんをたてて、呼ばない限り決してくるな、と当直の騎士や小姓たちに命じているから、このくらいのさわぎにも誰もかけこんでくるものはない。いや、中庭だからきこえないのかもしれぬ。

イシュトヴァーンは、芝生の上に気を失ってくずおれている小さなすがたを見下ろした。

その闇の瞳がふいに、あやしいきらめきをたたえた。

4

「あ………っ……」

アリサは、意識をとりもどした瞬間、おのれがどこにいるかまったくわからぬようすだった。

「お父様……お父様……どうなさったの……？　あッ！」

ふいに、仰天して、とびおきてあたりを見回す。彼女は、イシュトヴァーンの寝室の、ベッドの上に放り出されていたのだった。黒いマントはぬがされていた。その下に着ていた、白いつつましいえりのぴったりとしまった上着と、質素な黒いスカートはそのままだ。

アリサは、あたりを見回したとたん、ベッドのかたわらの、さいぜんカメロンがかけていた椅子に座ってニヤニヤしながら酒を飲んでいるイシュトヴァーンを見て、悲鳴を押し殺した。イシュトヴァーンは長い髪の毛をゆわえていたひもをほどき、白いシャツをぬぎすてて、わき腹の傷にごく無雑作に布をまきつけただけで平然としていた。その布に血がしみでているのをみてアリサはまた失神しそうになった。

「そ、そのお怪我は、わたくしが……私、私、なんてことを……ひとを傷つけるなんて……

ミロクの神よ、お許し下さい……」

「おいおい」

またしても呆れて、イシュトヴァーンは歯をむきだして笑った。

「お前、何をいってんだよ。お前、俺を殺しにきたんじゃねえのか」

「そ、そうです」

アリサはふるえながらベッドの上におきなおり、こちんと正座した。

「ありったけ考えぬいて、わたくしはそうするしかないと決めて……でもだめです。やっぱり、わたくしには、ひとなんか殺せません……そんなことはミロクの神はおゆるしにならないんです……」

「そうか。そうだったな、お前、ミロク教徒だったな」

イシュトヴァーンは思い出していった。あの審問の席で、彼女の胸に下がっていたミロク教徒のしるしのペンダントが、非常に印象的だったことを思い出したのだ。

「ミロク教徒ってのは、ひとを殺したり血を流したりするのは最大のご法度じゃなかったのか」

「そのとおりです。でもわたくし、あのときには……何日も思い詰めて、もう、ミロクさまのみ教えにそむいてもしかたないと思いました。というより、もっと多くのひとを苦しみと不幸から救うためには……ミロクさまのみ教えをより高いところからかなえるためにはあなたを殺すしかない、と思ったんです」

「へっ」

「でも、だめ……やっぱり、だめ。……ああ、どうしましょう。こんなに血が——くすり箱はどちらですか？　わたくし、お手当いたします」

「なんだと」

また呆れて、イシュトヴァーンは云った。

「お前、何を考えてんだよ。お前、俺を、親父の仇だと思って、仇討ちにきたんだろ」

「そうです」

アリサはその感じやすい青い目をたちまち涙で一杯にした。

「あなたは、わたくしのお父様を残酷にも手にかけて殺してしまわれた。お父様が何をしたというんですの……なんで、あんな、身動きもできない病人の老人を……あんなむごいことをなさったんです。悪魔——あなたは、悪魔なんだわ」

「その悪魔をこの世からとりのぞこうと思い詰めて、庭にしのびこんできたってわけか、健気な話だなあ、え？」

イシュトヴァーンはせせら笑った。

「そんなお前の細腕でこの、軍神といわれるイシュトヴァーンさまが殺れるとでも思ってたのかよ、え？　どうして、他のやつに頼まなかった。俺を暗殺したい奴なんかいくらでもいただろうによ。馬鹿だな」

「とんでもない。ほかのかたが暗殺しようとしたら、そのかたが罪をおかすことになります。

……もしそのかたが失敗すれば、あなたはそのかたを殺すでしょう？」

「ったりめえだ。この世でいちばんムゴい死に方をさせてやらあ」

「そんなことをほかのかたにさせるわけには参りません。わたくしならもう、どちらにしても、お父様が亡くなってなんの生きるのぞみもない身の上……そう思ったのですわ」

「ふん、あんな老いぼれのくたばりぞこない、どっちにしたってもう生きてるも死んでるもかわらねえじゃねえか」

「なんてことを――冒瀆者！」

恐ろしそうにアリサはいった。そしてそっとミロクの印をきった。だが、また気がかりそうに、イシュトヴァーンを恐ろしそうにではあったがじっと見つめた。

「血が……出ています」

アリサは不安そうにいった。

「わたくしのしたことなんですのね……悪い風が入ったりしたらおおごとですわ。洗って、おくすりをつけてきれいなほうたいをまかなくては。おくすり箱はありませんの？」

「ねえよ、そんなもん。放っとけよ、お前のつけたかすり傷なんざ、戦場じゃ、傷のうちにも入りゃしねえんだよ」

「ま……」

「第一、お前ごときのその細腕でなんで俺に傷がつけられるかっていってんだろ。お前が刺す瞬間に、ちゃんと急所ははずし、筋肉をしめてんだよ。だから、お前が傷つけたのは俺の腹の皮だけだ。痛くもかゆくもありゃしねえや」

「でも、こんなに血が出て――」

「俺はなあ、ちょっと、血が見てみたかったんだ。それもてめえの血がな。っていうか、ちょっと、怪我してみたかったんだよ」

イシュトヴァーンは云った。さいぜんの苦悶が、またその黒い底知れぬ闇の瞳にひらめいた。アリサはびっくりしたようにその彼を見つめた。

「怪我……してみたかった……？」

「ああ、ちょっと、誰かに滅茶苦茶にしてほしかったんだけど、誰一人してくれねえから、てめえでてめえを痛い目にあわしてやったら、ちったあすっきりするかな、って思ったのさ。お前が突きかかってきたとき」

「なんてことを」

アリサは恐ろしそうにいった。

「いけませんわ。からだもいのちもすべて、神様からのさずかりもの――傷つけたり、殺したり、ないがしろにするのは、ミロクのおしえにそむきます」

「まったく、ミロク教徒ってやつぁ……」

イシュトヴァーンは笑い出した。その声は妙に、なつかしそうなひびきがこもっていた。

「ミロク教徒についてあなたのような異教徒が何をご存じだというんです」

きっとなってアリサはいった。イシュトヴァーンは笑った。

「知ってるよ。おらあ何人もミロク教徒の知合いがいるんだ。お前の喋り方をきいてると、昔の……俺がまだガキだったころのダチを思い出すな。どうしてミロク教徒のやつってのはみんな同じような喋り方をするんだ」

「だち……？」

ふしぎそうにアリサはつぶやいた。

「だちって、何ですの？……さあ、そんなことより、お願いです。お手当をさせて下さいませ。私、気になってたまりません」

「変な女だな」

イシュトヴァーンはゲラゲラ笑いながらいった。そして、無雑作に、自分でまきつけた臨時の包帯をはぎとった。血で皮膚にねばりついたそれを傷口からひきはがすときには、さすがにちょっとうなり声をあげたが、眉ひとつしかめなかった。

「そらよ。薬箱はその下の引出しだ」

「まあッ、どうしましょう」

アリサは蒼白になって頬をおさえた。そしてまた気絶しそうだったが、懸命にこらえた。

「わたくしがこんなひどいことを……ああ、どうしましょう。お手当をいたしますわ。ちょっとしみますけど、我慢なさって下さい」

「お前ようー」

アリサが取り出した薬箱のなかみで、せっせとかいがいしくイシュトヴァーンの脇腹の浅い傷をぬぐい、消毒薬をつけ、黄色い傷薬をぬってその上からそっと包帯を、とてもたくみなしぐさであててゆくのを見下ろしながら、イシュトヴァーンは口をひんまげた。

「なんて変な女だ。ミロク教徒ってみんな変だな。お前、俺のことを、仇だといって憎んでるんじゃねえのか？　おらあまた、そういってだまして、傷口に毒でも塗り込もうというのかと思ってお前に手当させたんだぜ」

「とんでもない」

アリサはきっぱりといった。

「もう、わかりました。わたくしにはひとを殺すことなんか決してできません。それはミロクのみ教えにもっともそむくこと——お父様のことは、たしかにあなたを憎んでいますけれど……でも、ミロクは罪を憎んでひとを憎むなとお教えになりました。それに、ひとがもっともおそろしい罪をおかしても、百たびまでは許しなさい。そしてその上に罪をおかしても、さらに百たび許しなさい、と……ですから、わたくしはもう……いまはまだとても、お父様を殺し、わたくしの祖国をほろぼしたあなたを……許すなんて言えませんけれど、いつかは……許さなくてはいけないのだと思っています。……やっぱり、ミロク教徒には人殺しはできません。ひとを憎むこともできませんわ……」

「そうかい」

イシュトヴァーンはうす笑いをうかべた。

そして、いきなり、手をのばした。アリサは、あいての下心などまるでわからず、逃げようとさえしなかった。

「じゃあ、俺がこうしても、それでもあんた、俺を許すってわけかい？　え？」

「あーッ！」

アリサは、イシュトヴァーンのたくましい手に、手首をつかんでひきよせられたとき、はじめて仰天して悲鳴をあげた。イシュトヴァーンはその口に掌をあてて悲鳴を押し殺させた。

「どうせ、中からカギをかっちまったから、誰も入ってこられやしねえけどよ」

イシュトヴァーンは残忍な笑いをうかべながら云った。そして、無雑作にアリサのスカートをめくりあげにかかった。アリサは信じがたいものを見たかのように、ただ茫然としているばかりで、もがくことさえ思いつかないかのようだった。

「何を、何をなさるんです……」

「何をって、知れたことだろ。お前を犯すんだ。強姦するんだよ」

「な、何ですって」

アリサは茫然とこの無法者をただ見上げるばかりだった。イシュトヴァーンは狂ったように笑いにむせた。

「ちょうど誰かに滅茶苦茶にしてほしいと思ってたとこだったが、誰も俺を滅茶苦茶にすることはできねえってんなら、俺が誰もかれも、めちゃくちゃにしてやるまでだ」

彼は云った。そして、びりびりと音をたててアリサの服を引き裂いた。アリサは泣き出した。

「やめて、やめて下さい。なんてことをなさるんです。なんて無法な……やめて、傷口が開いてしまいます。せっかく……おくすりをつけたのに、また血が……お願いです、動かないで。包帯をまきおわるまで、そんなことをなさらないで」

「おいおい。お前は、俺にヤられようとしてんだぜ？　俺なんかより、てめえの心配をしたらどうなんだよ。――第一、じゃあ俺が、手当がすんだらお前をヤっちまってもいいってのか？」

「そんな……そんなひどい……どうしてそんな……どうしてそんなっ……」

「どうしてって、俺が無法者の、乱暴者の、御意見無用の悪魔野郎だからにきまってるだろ」

イシュトヴァーンは面白そうに、ひきさいた服をひきちぎり、アリサのやわらかな白い胸をむきださせた。アリサは悲鳴をあげて両手で胸を隠そうとする。

「何をなさるんです……」

「抵抗くらいしろよ。ちったあ暴れてくれねえと、面白くねえだろ。ちっちぇえ胸だな。お前いくつだ？」

「じゅ、じゅう……十七です……」

「こんなさいに、何、きちんと答えてんだよ。お前ってほんとに変」

イシュトヴァーンは大笑いしながら、スカートもひきちぎり、アリサのほっそりとした白い太腿をなであげた。

「お前、処女なんだろ。どっから見たってそうだよなあ。第一ミロク教徒なんだし。ミロク教徒ってなあ、結婚もしねえでこんなことはしちゃいけねえって、おきてで決められてんじゃねえのか？　俺の知ってたミロク教徒のダチの姉ちゃんはな、だまされて誘拐されて、力づくで処女を奪われたって、それを悲観して首くくって死んじまったんだぜ。俺がお前をヤっちまったら、お前も首くくるのか、え？」

「それは、そのかたの考え違いですッ」

アリサは必死な声をだした。

「ミロクさまは、自殺は絶対におゆるしになりません。……それに、操はつねに大切にせよと教えておいでになりますけれど、その操のためにひとを傷つけたり、まして自分のいのちをたつなどということはミロクのみ教えに――ああッ、やめて下さい。そんな……そんなところにさわらないで！」

「はじめてか？　男にキスされんのも」

イシュトヴァーンは悪魔のようにくすくす笑った。そして、無雑作にまとっていたものをかなぐりすてた。

「きゃあ」

アリサが真っ赤になって両手で顔をおおった。

「なんだよ。男の裸見るのもはじめてなのか、え？　こいつはとんだおぼこだな。男と女が――べつだん男と女でなくたって、ヤギだろうが、男どうしだろうが、なんだっていいけどよ……大人になったら何するか、それくらいは知ってんだろ？」

「やめて……やめて……」

アリサは息もたえだえな声をたてながら、両手で顔をかくし、むきだされた裸身を隠そうとして身をよじる。だがそれで弱々しくもがけばもがくほど、あらわな裸身をどこも隠すこともできず、なめらかな、かぼそい白い肌をあらわにしてしまうのには気づかなかった。

「あなたは、お父様を殺したんですのよ！」

アリサは啜り泣いた。

「それなのに、どうして、わたくしにまでこんな酷い――酷いこと……わたくしたちが、あなたにいったい何をしたとおっしゃるの？　なんで、わたくしたちの、貧しいつつましい平和なくらしをこんなふうに――壊してしまわれるんです？　あなたは本当の悪魔なのですか、イシュトヴァーンさま？」

「まったく、変な女だな」

イシュトヴァーンはふいに、興醒めて、彼女をベッドにつきたおし、つきはなした。たくましい、あちこちに傷のある全裸のまま、ベッドからおりて、また酒のつぼを手にする。

「わかったよ、わかったよ。畜生、なんだか、こともあろうにヨナの野郎を犯ろうとしてる、みてえな気分になってきちまった。……俺が悪かったよ。もう、お前を犯っちまう気はねえから、とっとと服きて、あっちにいっちまえ」

「イシュトヴァーンさま……」

おどろいて、アリサは目をあけた。そして、ふいにうろたえて蒼ざめた。

「大変。……また傷口が開いて、血が出てしまいました。だから申上げたのに……」

「ほっとけよ。もう、どうだっていいよ……こんな傷なんか、一晩寝りゃふさがるんだ。ほっとけよ」

「駄目です。悪い風が」

「うるせえッ」

イシュトヴァーンはかっとなって怒鳴った。

「なんだかんだ、うるさくすると、マジで犯っちまうぞ。このくそミロク女。ミロク教徒ってのはみんなどうしてこう——くそッ」

「……」

「ああ、畜生、くそ面白くもねえや。……くそ、酒まで切れちまった。女、とっとと出てゆけよ。俺は小姓に酒を持ってこさせて……それで酒かっくらって寝ちまうことにするからよ。そこにある俺のマント使っていいから、出てけ」

「で、でも」

アリサは当惑したようにいった。イシュトヴァーンは、アリサが、まだなにかうらみごとか、裸のままでは出てゆけないと文句をいうのかと思ったが、アリサが考えていたのはまったくそんなことではなかった。

「でも、さきほど……さきほど、たしか、お庭でひどく吐いておいでしたわ、イシュトヴアーンさまは」

アリサは心配そうにいった。

「きっと、ひどくお酒をたくさん召し上がっておいでなのだろうとわたくし、思いました。……あんなに、召し上がってはいけませんわ。おからだを悪くします。もっとお酒をあがろうなんて、もっととんでもないですわ……きょうは、お怪我もなさってるんですし、ね、もう、おやすみになって」

「おい」

呆れかえって、イシュトヴァーンはこの不思議な少女――あまりにもイシュトヴァーンには、ヨナを、あの遠い光明るいヴァラキアの、まだすべてが青春以前の輝きとけがれない純潔のきらめきにみちていた日を思い出させるミロク教徒の少女を見つめた。

「お前はいったい何なんだ。お前は俺に親父を殺されて、俺をかたきと思って、殺そうとして忍び込んできたんだろう。でもって、俺に怪我をおわせたのはお前だろう。……で、俺はお前を犯そうとして裸にひんむいちまったんだぞ。何が、おやすみになって、だ。頭おかしいんじゃねえのか、お前は」

「でも……」

アリサは当惑したように、考えこんだ。

「でも、なんだか……イシュトヴァーンさまはとても……お苦しそうに……なんだか、さっきお庭でも……ひどく苦しんでおられるように見えたのですもの……くるしんでいるひとがいたら、お助けするのは、ミロク教徒の最大の喜びなのです。……ですから、わたくし、あのお庭で……飛出してあなたを介抱してさしあげたい気持と……いいえ、この人はお父様を殺した大罪人なんだわ、わたくしが仇をうってモンゴールのためにつくさなくては、という気持とにひきさかれて、気が変になりそうでした。……わたくし、変でしょうか？」

「変もいいとこだ。こんな変な女は見たこともねえ」

　イシュトヴァーンの目が、ずるそうにふいに細められた。

「それじゃお前、俺が……俺が本当に苦しんでるから、助けてくれっていったら——苦しくて気が狂いそうだ、死にそうなんだ、っていったら……お前、俺に、俺のしたいようにさせてくれるってのか？」

「したいようにって……あの……」

　アリサは口ごもった。その目のなかに、疑わしそうに見つめる小動物めいた、おびえた光がひそんでいた。

「あの、どうなさろうと……おっしゃいますの……？」

「俺に、抱かせてくれねえか、っていうのさ」

　イシュトヴァーンは面白くなってきて云った。

「俺にはあんたの助けが必要なんだ。俺は苦しくて……俺はあんたの親父を殺した極悪人だけどな。そのことで夜な夜な、おのれの罪のむくいで幽霊どもにつきまとわれて、苦しくて死にそうなんだよ。……それに、あのときにゃ、俺があしなかったら、俺が殺されてたんだ、モンゴールへの反逆者としてな。わかるだろう」

「……」

「けど、俺は——いま、苦しくて苦しくてどうにもならねえんだよ。だからいっそ、あんたの手にかかって死んでしまおうと思ったんだ。だからさっき、全然逃げようとしなかっただろう」

「ええ……でも、なんでそんな……」

「なんで苦しいのかって？　だから……幽霊どもがつきまとうんだよ」

イシュトヴァーンはふいに、あの夜毎の悪夢が目のまえにまざまざとたちかえるのを見たかのように、髪の毛をかきむしった。アリサは驚いてイシュトヴァーンを見つめた。

イシュトヴァーンは、全裸のまま、椅子にくずれるように腰をおろし、そして、この善良ないっぷうかわったミロク教徒の少女をからかう策略のつもりだったのに、誰ひとり——マルコにも、カメロンにさえ打ち明けたためしのない、本当のことを口にしている自分に気づかずにいた。

「毎晩、毎晩、幽霊どもが——俺の殺したやつの幽霊どもがつきまとうんだよ。……俺に、うらみごとをいいに……だから、俺は……毎晩うなされて……酒をくらわなくちゃ、寝られもできねえんだ。……その、幽霊どもから逃れるために、俺はもっともっと殺さなくちゃならねえって気がする……このままゆくといまに俺は気が狂うだろうって気がする。——カメロンも俺を助けてくれねえ……もう、カメロンでも駄目なんだ。もう俺を助けてくれるものは誰もいないんだ。誰も……」

「イシュトヴァーンさま――！」

イシュトヴァーンは、ふいに、あたたかななめらかな裸のからだをおしつけられて、はっと身をかたくした。

「な、なんだ」

「イシュトヴァーンさま……そんなに、苦しんでおいでなのですか？――これまで、おかしてきた罪のことで、そんなにも苦しんでおいでだったのですか？……なんて、お気の毒な……お可愛想なイシュトヴァーンさま………」

「おい、お前」

「イシュトヴァーンさま……申し訳ございません。わたくし、あなたさまのことを、すっかり誤解しておりました。……人間の心など持たぬ悪魔、人殺しが心から好きなおぞましい悪党とばかり思っておりました。……そんなことはありませんのね。やっぱり、この世にミロクさまのおっしゃるとおり、本当に悪い人間など決していないんですのね。……イシュトヴァーンさまは、やむなくおかした罪のために、毎晩眠れないほど苦しんでおいでなんですのね……」

「おい……」

「もしも、わたくしを抱いて……お気持が晴れるのでしたら、少しでも、お苦しみがまぎれるのでしたら……お好きになさいまし」

アリサはいくぶんふるえる声でいった。

「たしかに……ミロクさまは純潔の教えをといておいでになりますけれど……それにもまして、苦しむかたをすすんでお助けするために、身もいのちも投出せとといておいでになります。……わたくしが、あなたさまにめちゃくちゃにされたら……あなたさまは、ちょっと楽におなりになりますの？……でしたら、わたくし――あなたを傷つけたおわびに、あなたの思いどおりに――それで殺されても、よろしゅうございます。……お好きになさいませ。……あなたはお父様の仇ですけれど、わたくしが傷つけてしまった人間――それに、そんなに苦しんでおいでのかたを……ミロク教徒は手をさしのべずにいることはゆるされておりませんわ……」

「お前……」

仰天したようにイシュトヴァーンは云った。そしてむしろ、途方にくれたようにアリサを見つめた。月の光が窓からさしこんできて、室内を照し出した。その月の光に照されたイシュトヴァーンの顔は、さきほどまでのあの恐しい夜叉の形相を失い、妙に幼く、まるで、チチアの丘の上で年若い友達を見つめている、十六歳の少年にかえりでもしたかのように見えたのであった。

あとがき

たいへんお待たせいたしました。「グイン・サーガ」第七〇巻『豹頭王の誕生』をお届けいたします。

いやあ、とうとうこのタイトルが本篇に登場することになったのですね。感無量、というのは、もう五〇巻をこえるあたりから毎回ホザいていたような気がするので、ちょっともう食傷気味でもありますが、しかし今回だけは云わせていただいてもいいかな、と思ったりいたします。だって、『豹頭王の誕生』!! ですよ（笑）。『豹頭王の誕生』なんです。それは、このタイトルが前にお話した「予告タイトル」だから、っていうことをこえて、あまりにもあまりにもだと思うんですね。豹頭王の誕生！

二十年前（本篇のなかでは六年前くらいですか？）にルードの森に突然あらわれた、「それは、異形であった」の男。裸に腰のまわりに布をまき、そして豹頭人身の、記憶も失っていた一人の大男。『豹頭王の仮面』から『サイロンの豹頭将軍』を経て、『豹頭将軍の帰還』までにあんな長い年月皆様をお待たせして、そして『豹頭王の誕生』!! これはまあ、ちょっとばかり栗本が騒ぎ立ててもかまやしないんじゃないか、と思ったりするわけです。まあ、ついに七〇巻の大台にのった、ってことも同時にあるわけですが。

なんでも、これは私はまったく意識してないんですが、あるていどキリ番な巻というと、わりとグインがメインになってることが多いんだそうですね。これはファンのかたに指摘されてそうなのかと思ったことであまり意識がなかったんですが、そうだったとするとやはり主人公は主人公、ちゃんと立ててもらってるってことですかね(笑)。それにしても、ようやく二〇〇〇年のこっちも大台にのった新年に最初に出るのが七〇巻、しかもそのタイトルが『豹頭王の誕生』ってのは、あまりにも出来すぎで、ヤーンのおぼしめしを感じさせます。もっとも「ミレニアム」って言葉は栗本は申しません。もともと、栗本にとっては「ミレニアム」というのはこんなふうにして人口に膾炙するずっと以前から和歌だの、なんかによく使っていた言葉でして、あくまでもそれは私にとっては「至福千年期」というきわめて特殊な意味合いしかなかったので、それがなぜか突然浮上してきてまったく違うイメージやニュアンスをあたえられるようになったのをみて、栗本はおおいにヘソをまげておりますから、意地でもいまマスコミの人たちがにわかごしらえで口にしているような意味では「ミレニアム」なんて申しません。わしらはキリスト教徒じゃないんやでぇ、何がミレニアムじゃい、というへそまがりのほかに、「そんな言葉、もうずっと前から使ってたんだ」というような抵抗感がありまして、さながらゆきつけのひっそりとしたバーが食味評論家に五つ星突然つけられていきなり混んじゃった、みたいなふくれた心境でおりますので絶対使わないつもりですんでそこんとこよろしく——って、皆様に使うな、っていうんじゃなくて、栗本は使わないからな、その使わない理由はこういうことだからな、ってなことでありますが。私にとってはミレニアムとかイコノクラスムとかハルマゲドンとか黙示録とか、はては五十六億七千万年にしてもそれぞれに思い入れや意味がつきまとう言葉であるので、なかなかマスコミさんの突然の登用にはついてゆけません（爆）まあ、ヘンクツなんですわな。

ともあれ、まあミレニアムに文句つけるのはどうでもいいとして、豹頭王が誕生したんです（爆）おまけに婚礼はあげるわ、＊＊＊＊と＊＊＊＊は迎えるわ、おい、マジかよというような展開になっております。このあいだは＊＊デンが＊＊じゃうし、まったくこのところのあまりの展開の急激さにはなかなか栗本といえどもついてゆけないものがあるところですが、このあともっともっと運命の激流が展開されるのでありましょうね。とまるきりひとごとみたいにいってますが、このところ実は多重人格の融合が進んで中島梓は多重人格を脱したかわりに、すべての多重を背負って栗本薫はさらに中島から分離が進んでしまったらしく、いまとなっては中島と栗本ってほとんどただの別人格（爆）なのであります。まったくお互いのやってることって関係ないみたい。家庭内離婚ならきいたことあるけど、「人格内離婚」つうのははじめてきくんですが、やっぱりあるものなんでしょうかね。ともかくいまの中島は栗本なんてやつは知らないよ、状態になってるようです。でもって栗本のほうはさらに中島って誰だ？　状態になってひたすら小説を書いているらしい。

まあそれもよしとしましょう。ともあれ先日は、「全百巻宣言」などというものをなさった若い作家のかたが登場したそうで栗本はぶったまげ、いきなり「じゃあグインは二百巻にのばそう」などと騒いでいたのですが、きくところによるとこの作家のかたの小説は一巻ごと完結で全百巻というスタイルだそうで、まあ内容もホラーらしいし、じゃあそれほど気にすることはないかな、ということで、とりあえずおさめたんですが、それにしてもいまの展開で本当にあとたった（爆）三十巻で話がおさまるとお思いになります？　私にはとてもそうは思えませんね。これから＊＊＊が＊＊＊じゃう話がかかりにあるとしたところで、それだけだってその気になれば三十巻なんかかるく突破しちゃうんじゃないですか？　まして＊＊＊＊＊－＊がからんできたり、われらが豹頭王がうんたら、みたいなことになってきたら……まあ二百あっても足りるかどうか、ってなことになるのではないかと思いますが、しかしそこはやっぱ意地、一応百巻で完結しておかないと約束違反かな……って、まあ世の中の人は誰しも、「百巻だって、フザケるな。百巻も続くもんか」という裏切りかたはしても、「百巻だと、フザケるな。たった百巻で終わるものか」ということにはならないと思うのですがねえ……（爆）が、そこが狂人栗本でして、いまの最大の心配はやはり、「マジあと三十巻でいったいどこまでゆけるのか？」ということにつきます（爆）また困ったことに、コアなファンの皆様は口をそろえて「二百が千になってもついてゆく」といって下さるし……ううううっ（^^;）

まあ先のことは先に考えるとしましょう。これもディープなファンのかたの計算によると、一九九九年、栗本薫は全部で二十九冊の本を世に問うたんだそうです。むろん文庫化、二次文庫化も含めての話ですが、それにしても一年に二十九冊も本出すやってってのはやはり＊＊＊＊だとしかいいようがない（爆）まあそのファンのかたは「あと一冊出せばちょうどキリがよかったのに」とご無体なことをいっておられましたが、私としては「今年はやっぱ舞台がメインだったから少ないな」という気分があったんですね。これが恐しい（爆）このままこういうモノを野放しにしておいていいんだろうか、って気もいたしますが――が、ともあれ、今年は二〇〇〇年、どうなることやら。まあとにかく無事に一九九九年をクリアしたことですし、年末から年頭にかけてあちこちのコミケだの本屋さんに突然登場した天狼プロダクション発行天狼叢書『ローデス・サーガ1　南からきた男』の売れ行きはおかげさまで、ギョッとするほど好調で、これまた「ヤオイがそんなに売れていいのか」というような状態になっておるようですし(^^;)それも男性のかたがけっこうお買い求めになってるというので、いったい、あれ読んだ男性のかたはどういうご感想をおもちになるのか恐いぞ、って感じでもあるんですが……。

まあともかく、なんだかよくわからないままに、今年もじたばた生きてゆこうと思っております。なんとなく、ライブがいい感じになってきたし、最近ピアノさんととても仲良しだし、なんか小説も評判いいみたいだし、舞台もついに念願の「キャバレー」を六月にやっちゃうし、いいんでないかい？　という感じの栗本の二〇〇〇年なんでありました。

ま、そういうことで、今年もよろしくお願いします。二〇〇〇年代はじめての読者プレゼントは向野真理さま、諸岡里江さま、中井美智子さまのお三人さまにさせていただきます。

気をつけないと、サインするとき、とにかく長年の習性でさっと「一九……」って書いちゃうんですね。恐しいことです。でもねえ、これまで「'99」とかって略してたけど、これからは「'00」もサマにならないし、いったいどうしたらいいんでしょうね。

ということで、とりあえず七〇巻でした。それではまた来週……いやいや七一巻でお目にかかりましょう。

二〇〇〇年一月十日

栗本　薫

心中天浦島《しんじゅうてんのうらしま》

宇宙飛行が生んだ悲恋を描いた表題作ほか、異星生物との心暖まる交流を綴る「遙かな草原に……」など、叙情味あふれる六篇を収録

セイレーン

スペースマンに語りつがれる魔女伝説を描く表題作ほか、人類のあり方を問い直す「Run with the Wolf」を収録した第一SF作品集

滅びの風

平和で幸福な生活にいつのまにか忍びよる「滅びの風」。栗本薫が透徹した視点で、人類の歴史と滅亡について物語る連作短篇集。

さらしなにっき

少年時代の記憶に潜む恐怖を描く表題作ほか百三十年ぶりに地球に戻った男の過酷な運命を語る「ウラシマの帰還」など、八篇を収録

高千穂遙／ダーティペア・シリーズ

ダーティペアの大冒険

WWWAの犯罪トラブル・コンサルタント、ユリとケイのダーティペア。二人の破天荒な活躍を描く超ベストセラー・シリーズ第一弾

ダーティペアの大逆転

鉱山技師負傷事件調査のため、鉱業惑星チャクラへ派遣されたユリとケイ。そこで二人を待っていたものは？　ますます快調の第二弾

ダーティペアの大乱戦

海だらけの惑星ドルロイで、高級セクソロイド・アクメロイドが殺された。ユリとケイは犯人探しの依頼を受けるが……怒濤の第三弾

ダーティペアの大脱走

銀河随一のお嬢様学校で発生した奇病は、やがて大事件へと発展。ユリとケイの運命やいかに？　シリーズ最強の敵が登場する第四弾

梶尾真治

地球はプレイン・ヨーグルト

星雲賞受賞　味覚言語を話す宇宙人とコミュニケートするために、最高の料理人が集められたが……短篇ＳＦの名人芸を味わう作品集

恐竜ラウレンティスの幻視

星雲賞受賞　一億二千万年前、恐竜ラウレンティスは、自分たちの未来をかいま見た……受賞作ほか、多彩な面白さがつまった短篇集

泣き婆《ばば》伝説

お祭騒ぎの選挙戦の終盤に、どこからともなく現れる落選の使者、泣き婆とは？……地方選挙の虚々実々を描く表題作ほか七篇を収録

ちほう・の・じだい

突如世界を襲った原因不明の精神の退行現象。はたして人類生存の望みは？　書き下ろしの表題作ほか、著者の本領発揮の多彩な短篇集

ハヤカワ文庫ＪＡ

大原まり子

銀河ネットワークで歌を歌ったクジラ

辺境の農園惑星にやってきたサーカス団の呼び物は、十世紀前に地球で生まれた、言葉を喋るクジラだった――表題作他、五篇を収録

未来視たち

超能力者を使って全世界の情報を掌握し、世界を牛耳る巨大コンツェルンと、それを裏切った超能力者シンクの壮絶な闘い。連作集。

吸血鬼エフェメラ

古来地球に存在していた人類とは別種の生命体、吸血鬼。熾烈な迫害が始まったとき、彼らがとった生き延びるための最終手段とは？

タイム・リーパー

交通事故の衝撃で未来にタイム・スリップした男は、彼の時間跳躍能力をめぐり、タイム・パトロールと警察の争奪戦に巻きこまれる

坂田靖子

時間を我等に

〈コミック〉表題作ほか、小泉八雲の作品を坂田流にアレンジした「怪談」など、SF的な発想を優しさと郷愁で包んだ傑作短篇集。

星食い

〈コミック〉夢から覚めた夢の中の世界で、少年は冒険の旅をする――表題作の他、読むものの心を温かくしてくれる八篇を収録する

闇夜の本〔1〕〔2〕〔3〕

〈コミック〉これは闇夜の本。でもちっとも怖くない。ここには夢と優しさがあるから。坂田コミックの魅力を網羅する傑作短篇集。

マイルズ卿ものがたり

〈コミック〉人一倍優しくてお人好しの英国貴族マイルズ卿――18世紀の優雅な英国を舞台に、にぎやかな物語が花咲く連作コメディ

谷 甲州

惑星CB-8越冬隊

制御不能で暴走をはじめた人工太陽から惑星CB-8を救うべく、越冬隊は厳寒の大氷原を行く困難な旅に出るが——本格冒険SF。

仮装巡洋艦バシリスク

未知の深宇宙探査、外惑星反乱軍との熾烈な闘い——強大な戦闘力を誇る航空宇宙軍の活躍を通して、人類の壮大な宇宙史を描く！

星の墓標

外惑星動乱期、人間やシャチの脳を使った戦闘艦の制御装置が開発された。彼らの怒りと悲しみは、戦後四十年後の今も宇宙を漂う。

カリスト—開戦前夜—

二一世紀末、外惑星諸国は航空宇宙軍を仮想敵国に軍事同盟を締結した。今こそ独立を賭して地球と戦うべきか——決断の時が迫る！

谷 甲州

タナトス戦闘団

外惑星連合と地球の緊張高まるなか、連合軍は奇襲作戦のためスパイを月に送りこんだ。作戦の成否はいかに。動乱勃発の時は迫る！

終わりなき索敵〔上〕〔下〕

第一次外惑星動乱終結から十一年後、射手座重力波源を探査する航空宇宙軍観測艦が見たものは？　宇宙軍史を集大成する一大巨篇！

天を越える旅人

チベットの少年僧ミグマは、繰り返し見る不可解な夢を手がかりに前世を探る旅に出る。現代宇宙論と仏教宇宙観が融合する幻想巨篇

星は、昴《すばる》

宇宙基地に勤務する者同士の三八光日を隔てた通信会話。その受信日時が微妙にずれはじめ……多彩なアイデアで贈る宇宙SF短篇集

神林長平

戦闘妖精・雪風

星雲賞受賞　未知の異星体ジャムに対抗すべく、地球防衛軍は人工頭脳搭載の最新鋭戦闘機を投入する。スピーディな展開の戦争SF

狐と踊れ

5Uと呼ばれる薬を飲み続けないと、人間は胃を失ってしまう——異様にメタモルフォシスした未来社会を描く表題作他、五篇を収録

言葉使い師

星雲賞受賞　すべての言語活動が禁止されている無言世界。言葉を生き物として操る「言葉使い師」とは？　才気溢れる六篇を収録。

七胴落とし

テレパシーによって自殺を無理強いしあう子供たち——異様な閉塞状況における子供たちの焦燥と不安をみごとに描ききった長篇SF

著者略歴　早稲田大学文学部卒
作家　著書『さらしなにっき』
『あなたとワルツを踊りたい』
『豹頭将軍の帰還』『修　羅』
（以上早川書房刊）他多数

HM = Hayakawa Mystery
SF = Science Fiction
JA = Japanese Author
NV = Novel
NF = Nonfiction
FT = Fantasy

グイン・サーガ⑦⓪

豹頭王《ひょうとうおう》の誕生《たんじょう》

〈JA631〉

二〇〇〇年二月　十日　印刷
二〇〇〇年二月十五日　発行
（定価はカバーに表示してあります）

著　者　栗《くり》本《もと》　薫《かおる》
発行者　早　川　　浩
印刷者　大　柴　正　明
発行所　株式会社　早　川　書　房
郵便番号　一〇一 - 〇〇四六
東京都千代田区神田多町二ノ二
電話　〇三‐三二五二‐三一一一（大代表）
振替　〇〇一六〇‐三‐四七七九九

乱丁・落丁本は小社制作部宛お送り下さい。
送料小社負担にてお取りかえいたします。

印刷・株式会社亨有堂印刷所　製本・大口製本印刷株式会社

ISBN4-15-030631-1 C0193